LAS CEREZAS

Emilia Pardo Bazán

Cierto día de fiesta del mes de junio, a los postres de una comida de aldea, de las que se prolongan y degeneran en sobremesas interminables, tuve ocasión de hacer una de esas observaciones, detrás de las cuales suele vislumbrarse oculta una novela íntima o latir el asunto de un drama. Hallábase sentado frente a mí el párroco de Gondar, y como le daba de lleno en el rostro la luz de la ventana, luz que se abría paso entre las ramas de los rosales, ya sin flor, pude notar que se inmutaba y se le cubrían de amarillez las siempre coloradas mejillas al servirle el criado un frutero de cristal donde se apiñaban, negreando de tan maduras, las últimas cerezas.

Lo demudado de la cara, el movimiento nervioso de la mano crispada al rechazar el frutero, eran inequívocos, y no podían proceder únicamente de repugnancia de su paladar a la sabrosa fruta; delataban algo más: una especie de horror, que sólo originan muy hondas causas morales. Apunté la observación y resolví salir cuanto antes de la curiosidad. Una hora después charlaba confidencialmente con el párroco, recorriendo la larga calle de castaños que rodea como un cinturón de sueltos cabos flotantes el soto.

Antes de resumir el relato del cura, debo decir que nuestro clero rural tiene en él un representante muy típico. Sencillo, encogido y hasta rudo en sus maneras; nada gazmoño, según se demostrará en esta historia; más hombre que eclesiástico y más aldeano que burgués; más positivo que idealista, y asaz incorrecto en esas exterioridades que el clero de otras naciones tanto cultiva y estudia, el párroco de Gondar -como muchos curas de aldeas en España- conserva en su corazón, sin hacer de ello pizca de alarde, un convencimiento del deber que en momentos críticos y en casos extremos puede convertirle en mártir y en héroe. Del pueblo en su origen, tienen las condiciones y también las virtudes del pueblo.

-Ya me da rabia -decíame el párroco bajando los ojos y frunciendo las cejas- que se me note tanto la impresión que la vista de las cerezas me produce. ¡Hay que vencerse, caramba! Y, o poco he de poder, o llegaré a comerme sin escrúpulos una libra de esas cerezas de pateta..., que, si me descuido, me cuestan el alma o la vida.

-¿El alma... o la vida, nada menos? -repetí con sorpresa e interés.

-Nada menos. ¿Qué tiene de extraño? ¿No perdió Esaú, por un plato de lentejas, su derecho de primogenitura y el porvenir de toda su casta? Pues las cerezas aún saben mejor que las lentejas, que sólo para dar flato sirven.

Conformes en la superioridad de la cereza comparada a la lenteja, y viéndome que esperaba atentamente la historia, el párroco tomó la ampolleta muy gustoso:

-Ha de saber usted que allá, hará unos siete años, no estaba yo en la mejor armonía con el coadjutor de mi parroquia... No soy el único cura a quien esto le sucede, y siempre ha de haber rencillas en el mundo, mientras los hombres no se vuelvan ángeles... Al decir que no estaba en la mejor armonía, debí decir que no estábamos propiamente como el gato y el perro... No quiero hacer mi apología; pero a la verdad, él tenía la culpa; él era más artero y más zorro que yo..., y supo maquinar una conjuración tan hábil, que puso en contra mía a todos los feligreses, tanto, que tuve soplo que no debía salir de noche porque era fácil que detrás de un vallado me soltasen, ¡pum!, un tiro. También me avisaron de que algún día me matarían a palos, fingiendo una de esas riñas que se arman entre borrachos en las fiestas. El granuja hizo correr la voz de que yo había jurado dejar sin misa a la gente el día más solemne y con estas y otras infinitas artimañas, que sería muy largo contar, logró aislarme y colocarme en situación muy penosa para un cura.

Cada cual tiene su defecto: yo soy algo terco y muy soberbio; por eso me desdeñé de refutar las calumnias de mi enemigo, y fui consintiendo que se les diese crédito, y hasta por tema y fanfarronería -era uno entonces más muchacho que ahora y corría la sangre más caliente y más alborotada- me dejé decir que sí, que dejaría sin misa a la parroquia cuando se me antojase, y a ver si había hombre para pedirme cuentas de eso ni de cosa ninguna. Por aquí vino el daño que pudo suceder...; por aquí y por las cerezas malditas.

El día del Sacramento, los mozos de la aldea dispusieron costear una función con misa, y para darme en cara quisieron que se celebrase en la iglesia del anejo. Yo tenía que asistir, claro es, y concluida mi misa mayor monté a caballo sin volver a la rectoral, porque en el anejo me esperaría, según costumbre, la "parva" o desayuno. Al llegar cerca de la iglesia noté que estaba la gente toda en remolino y que, al verme, los mozos prorrumpían en gritos y amenazas y levantaban las varas, bisarmas y palos como para herirme. No me asusté; pasé entre ellos, y apeándome a la puerta de la sacristía, entré. Allí no había nadie; sin duda andaban por la iglesia disponiendo la función. Sobre los cajones en que se guardan los ornatos vi un pañuelo desatado y lleno de cerezas hermosísimas. Yo venía acalorado; el gaznate se me resecaba del polvo y también del berrinche; las cerezas convidaban, de tan frescas y tan maduras... Alargué la mano y me comí tres de un gajo solo. Apenas las había tragado, apareció en la puerta interior mi enemigo, como si saliese de debajo de tierra, y, sin mirarme, medio escondiendo la cara, me dijo (parece que aún le oigo aquella voz tan falsa y sorda):

-Ahí viene el sacristán... Puede revestirse para misar, que todo está ya preparado...

¡Revestirme! Vamos, en el primer momento me quedé hecho un santo de piedra. Vi que había caído en la trampa y sólo tuve ánimos para preguntar, así, todo tartamudo:

-¡Misar! Pero ¡si ésta la dice usted!...

Y el gran embustero, muy sereno:

-Estuve enfermo de cólico por la mañana, y tuve que tomar medicinas... Ya le mandé allá recado de que hoy doblaba usted.

-¿Recado? Ningún recado se ha recibido.

-Pues fue allá el Cuco bien temprano.

Yo sabía que el tal Cuco era el paniaguado y compinche de mi enemigo, y no necesité más para comprender la asechanza.

-Pues no llegó -grité ya atufado y muy sobre mí.

-Pues no importa -contestó el bribón (¡Dios me perdone!)- porque usted vendrá en ayunas.

Mire usted, el tantarantán de furia que me entró al oír esto parecía un ataque de alferecía: los dientes míos sonaban como castañuelas. Me habían cazado lo mismo que una liebre. ¡Cogido, cogido! No me cabía duda; detrás de la puerta me atisbaba mi enemigo, y así que me vio comer las tres cerezas, apareció, seguro ya de atraparme.

Bien combinado: o mi vida, que me la quitarían a palos los mozos -se les oía jurar, y maldecir, y bramar detrás de la puerta- o mi alma, que iba a matar cometiendo un sacrilegio horrible... Aquí no valen bravatas; la verdad pura; yo titubeaba; el sudor me corría en gotas por la frente abajo, y era frío, frío, lo mismo que la escarcha; la vista se me turbaba y el corazón se me encogía como si lo apretasen poco a poco en una prensa de hierro...

Aquello no sé si duró un segundo o diez minutos; porque hay ocasiones en que el tiempo no se calcula. "Usted está en ayunas", repetía el malvado para tentarme... Pero, ¡qué pateta!, una cosa es ser pecador e imperfectísimo y otra que, cuando se trata del Cuerpo y de la Sangre de Nuestro Señor Jesucristo, no le tiemblen a uno de respeto las carnes... Me acordé de lo que es la misa... Cesé de sudar, se me aclararon los ojos, se me puso expedita la lengua y descarándome con mi enemigo, le dije así..., no sé de qué manera...: creo que con una especie de alegría y de afán de padecer:

-No estoy en ayunas, no... He comido tres cerezas de las que usted puso ahí... ¡Si tiene usted conciencia, hará que no me rompan el alma, y si no..., ya sé que me espera la misericordia de Dios, porque no he querido hacerme reo de su Cuerpo sacratísimo! Que vengan, que me trituren... ¡Hay otra vida, y en ella le aguardo!

No sé si fueron estas mismas las palabras ni sabría ahora pronunciarlas como en aquel trance; lo cierto es que el hombre se me quedó así, parado, sobrecogido... Su cara cambió de expresión, y para mí, le entró el mismo sudor que acababa de quitárseme y le castañetearon también los dientes..., hasta que, en un arrebato, se me echa de rodillas y me dice:

-Absuélvame, reconcílieme, que voy a misar... Fue verdad lo del cólico; pero no lo de las medicinas... Yo sí que estoy en ayunas...

Le absolví; dijo su misa...; ayudé a la función..., y tan campantes. Sólo que cuando veo una cereza se me aprieta la garganta como si aún estuviésemos en la sacristía y se oyesen tras la puerta los reniegos de los que querían escabecharme...

-¿Y no fue usted, desde ese día, amigo del coadjutor? -pregunté con emoción y gozo.

-¡Sí, amigos! Al llegar las elecciones ya me preparó siete emboscadas diarias. Sólo estuvimos en paz aquel minuto, que se colocó entre nosotros Cristo Nuestro Señor...

Aquella madrugada, al recostarse, más cerca de las cuatro que de las tres, en el diván del Casino, Raimundo, sin saber a qué atribuirlo, sintió hondamente el tedio de la existencia. Echada la cabeza atrás, aspirando un cigarrillo turco de ésos que contienen ligera dosis de opio, entró de lleno en los limbos del fastidio desesperanzado. Al advertir los pródromos del ataque de tan siniestra enfermedad, revivió mentalmente la jornada, analizó su existencia y adquirió la certeza de que, en su lugar, otro hombre se consideraría dichoso.

¿Qué había hecho? Levantándose a las once, después de un sueño algo agitado, las pesas, las fricciones, el masaje, el baño, el aseo, los cuidados de una higiene egoísta y minuciosa duraron hasta la hora del almuerzo. Éste fue delicado, selecto, compuesto de manjares sólidos sin pesadez, que ahorran trabajos digestivos y reponen las fuerzas vitales.

En pos del almuerzo, ejercicio y sport; paseo en coche de guiar, la tónica acción del aire puro que azota el rostro, la alegría de la claridad, la animación de las calles, el fresco verdor de los parques públicos, ya embalsamados por la florescencia blanca y rosa de la acacia... Luego, apearse a la puerta del Congreso, y hora y media de intencionada esgrima en la sección, donde Raimundo, con su cultura y sus ideas personales, estaba formándose un núcleo de amigos, la base de una posición política, una aureola para los años de madurez. Y a casa a escape, a vestirse, habiendo de sentarse a la mesa de la señora de Armería... Comida encantadora, organizada con la habilidad y tino social que a la de Armería distingue; doce personas que todas simpatizan y tienen gusto en reunirse, pero no tan íntimas que se cansen de verse juntas; dos políticos de talla, un sabio académico, un artista famoso muy huraño y por lo mismo apetecido; un diplomático extranjero, ya españolizado y del
género ameno, y algunas señoras de alto copete o de singular hermosura y elegancia...

La casualidad, siempre complaciente y buena, quiso que entre estas últimas se contase una muy especial amiga de Raimundo; por casualidad también salieron a la vez casi, y como Raimundo no tenía coche allí y la calle no era céntrica, ofreció la dama a su acompañante un asiento. Al llegar aquí, los recuerdos de Raimundo, con ser tan recientes, se confundieron y embrumaron, como si los velase de niebla el humo azul del cigarrillo turco que contenía opio... Sólo distinguía bien un conocido perfume de white rose adherido a su ropa, y sólo podía precisar con exactitud que a cosa de las dos entró en el casino y jugó su partida de poker, y ahora, después de rápida ojeada a los diarios, estaba allí, invadido por un hastío mortal, detestando la realidad, el momento, el punto del espacio en que se determinaba su existir; criticando implacablemente, con dolorosa exasperación, el vacío de los goces materiales de la civilización, enervante, que no basta, que irrita la concupiscencia del espíritu al satisfacer la del cuerpo. "Yo he comido, he bebido y me he recreado, pero hay algo en mí que tiene hambre, y sed, y se queja, y llora..."

Sobre todo lo sucedido durante el día; sobre las impresiones, en su mayor parte físicas, destacábase una del orden intelectual referente a cierta conversación oída a la hora del café, en el gabinete Luis XVI de la señora de Armería. El artista -un gran músico- hablaba con el académico del simbolismo de Wagner. Trataban del palacio o basílica del Santo Grial, y el académico afirmaba que era una idea de los Templarios, empeñados en construir el misterioso templo de Salomón y encerrar en él la clave y el significado de la creación entera. "Allí -decía el sabio- supusieron que había de custodiarse el vaso de la redención, nada menos que el Santo Grial, que contiene líquida, fresca y ardiente la sangre de Cristo, recogida por José de Arimatea. ¿No nota usted qué simbolismo tan precioso? ¿Y no le encanta el sentido profundo de la condición impuesta a los que han de ver con sus ojos el invisible Grial? Para ver el Grial es estrictamente necesario..." Raimundo recordó que, al llegar aquí, la señora a quien después acompañó, la que olía a white rose, le había llamado, golpeándole suavemente en la manga del frac con el abanico. "Dígame usted qué hay del lance de la Jaruco con la Lobatilla, anoche en el teatro... Parece que fue delicioso..." Y Raimundo, mientras el cigarrillo turco se consumía, experimentaba una indefinible desazón, angustia, pena; un anhelo vehemente por enterarse de lo que es necesario si se ha de ver, con los ojos de la cara y después con los ojos del alma, el invisible Grial...

Entornando los párpados, Raimundo perdió de vista el salón del Casino, su lujo vulgar, sus dorados insolentes, sus cortinajes de tapicería industrial y moderna, su alumbrado eléctrico excesivo; y, poco a poco, con la lentitud de los fenómenos naturales, cambió la decoración y, sobre el fondo del éter, surgió un edificio singular y espléndido. Era redondo como el planeta que habitamos, y tan alto que su cúpula majestuosa se confundía con las nubes. Por su bóveda de un azul de zafiro, tachonada de brillantes, giraban un disco grande de oro y otro más pequeño, de plata, representación del sol y la luna; y al girar, producían los discos una música a maravilla armoniosa y dulce, que casi no se escuchaba sino con la mente. El suelo del edificio, revestido de traslúcido y refulgente cristal, mostraba en relieve peces, monstruos marinos, rocas, algas y corales, representando la extensión y variedad del Océano.

Correspondiendo a los cuatro puntos cardinales, las estatuas de oro de los cuatro evangelistas decoraban el pórtico del edificio, y por vidrieras esmaltadas, fijas en ventanas góticas del trabajo más exquisito, entraba la luz, refractándose y descomponiéndose en las franjas de pedrería que se engastaban en las paredes. Trepaba por éstas, caprichosamente entrelazada a las columnas, colgando sus festones por las arcadas hasta la altura de la bóveda, una asombrosa vid; sus hojas eran de esmeralda y los racimos de granate, pero tan redondos y bien tallados, que parecían uvas verdaderas llenas y maduras. Raimundo sintió impulsos de extender la mano, coger un racimo y refrigerarse... "Es el templo del Santo Grial, no hay duda -discurría Raimundo-, y ahí, en el centro, donde se condensa una nube blanca, aljofarada, como formada de gotitas de rocío; sobre ese pedestal de ónice debe de encontrarse el vaso divino de que oí hablar y que contiene la Sangre..., el Grial mismo". Impulsado por esta idea, acercóse, alargó los brazos para disipar la nubecilla, y el rocío, en perlitas menudas, le mojó las manos y el rostro; pero nada vio; cegábale la humedad, y el rocío corría por sus mejillas a manera de un arroyo de llanto.

Mientras se desesperaba y maldecía, he aquí que vienen lentamente, de los cuatro puntos cardinales señalados por estatuas de oro, largas teorías de figuras vestidas de blanco, de rojo, de ricos tisúes, de andrajos míseros. Cantando himnos de gozo, dirígense al santuario en que Raimundo sólo encontraba lágrimas, y llegados al pie de la nube, se postran, adoran, alzan las manos con extático terror, o cruzan los brazos sobre el pecho, dando, en fin, muestras de contemplar algo celeste que los sumía en transportes de beatitud.

Acercóse Raimundo a uno de los devotos, muchacho como de quince años, pálido, demacrado, ascético, capullo marchito por el hielo antes de abrirse, y le preguntó humildemente:

-¿Dónde estamos? ¿Cómo se llama este edificio tan admirable?

El adolescente, sin alzar los ojos, respondió:

-Se llama el palacio del Santo Grial, representación del universo. ¡Es un símbolo! Todo lo creado es palacio del Santo Grial para las almas puras y los corazones fervorosos. Dondequiera encontraremos este palacio: mejor dicho, lo llevamos en nuestra compañía.

-¿Y la nube? -insistió Raimundo-. ¿Qué hay detrás de ella?

-¿Nube? -replicó el adolescente-. ¡Pobre ciego! ¡Si ahí no existe nube! ¡Si ahí resplandece el Grial, el vaso sacrosanto! -y su voz, al decirlo, temblaba de amor y de alegría, de compasión y de fervor.

-¡El Grial! -exclamó Raimundo-. ¡Debo de estar ciego, sí; ciego del todo! ¡Por caridad!, ¡oh bienaventurado!, ¡dime... dime qué se necesita para ver el Santo Grial!

El jovencillo clavó en Raimundo sus pupilas color de amatista, y con piedad inmensa, con una caridad que encendía su mirar, arrancándole destellos de piedra preciosa, pronunció:

-¡Se necesita no ser pagano!...

Y Raimundo, ya despierto, saltó en el diván y oyó el choque de los tacos y el sordo rodar de las bolas de marfil, y las risas, y las voces, y percibió los efluvios del conocido perfume de white rose, que le causaron náusea...

La presente historia, aunque verídica, no puede leerse a la claridad del sol. Te lo advierto, lector, no vayas a llamarte a engaño: enciende una luz, pero no eléctrica, ni de gas corriente, ni siquiera de petróleo, sino uno de esos simpáticos velones típicos, de tan graciosa traza, que apenas alumbran, dejando en sombra la mayor parte del aposento. O mejor aún: no enciendas nada; salte al jardín, y cerca del estanque, donde las magnolias derraman efluvios embriagadores y la luna rieles argentinos, oye el cuento de la mandrágora y del barón de Helynagy.

Conocí a este extranjero (y no lo digo por prestar colorido de verdad al cuento, sino porque en efecto le conocí) del modo más sencillo y menos romancesco del mundo: me lo presentaron en una fiesta de las muchas que dio el embajador de Austria. Era el barón primer secretario de la Embajada; pero ni el puesto que ocupaba, ni su figura, ni su conversación, análoga a la de la mayoría de las personas que a uno le presentan, justificaban realmente el tono misterioso y las reticentes frases con que me anunciaron que me lo presentarían, al modo con que se anuncia algún importante suceso.

Picada mi curiosidad, me propuse observar al barón detenidamente. Parecióme fino, con esa finura engomada de los diplomáticos, y guapo, con la belleza algo impersonal de los hombres de salón, muy acicalados por el ayuda de cámara, el sastre y el peluquero -goma también, goma todo-. En cuanto a lo que valiese el barón en el terreno moral e intelectual, difícil era averiguarlo en tan insípidas circunstancias. A la media hora de charla volví a pensar para mis adentros: "Pues no sé por qué nombran a este señor con tanto énfasis."

Apenas dio fin mi diálogo con el barón, pregunté a diestro y siniestro, y lo que saqué en limpio acrecentó mi curioso interés. Dijéronme que el barón poseía nada menos que un talismán. Sí, un talismán verdadero: algo que, como la "piel de zapa" de Balzac, le permitía realizar todos sus deseos y salir airoso en todas sus empresas. Refiriéronme golpes de suerte inexplicables, a no ser por la mágica influencia del talismán. El barón era húngaro, y aunque se preciaba de descender de Tacsonio, el glorioso caudillo magiar, lo cierto es que el último vástago de la familia Helynagy puede decirse que vegetaba en la estrechez, confinado allá en su vetusto solar de la montaña. De improviso, una serie de raras casualidades concentró en sus manos respetable caudal: no sólo se murieron oportunamente varios parientes ricos, dejándole por universal heredero, sino que al ejecutar reparaciones en el vetusto castillo de Helynagy, encontróse un tesoro en monedas y joyas. Entonces el barón se presentó en la corte de Viena, según convenía a su rango, y allí se vieron nuevas señales de que sólo una protección misteriosa podía dar la clave de tan extraordinaria suerte. Si el barón jugaba, era seguro que se llevaba el dinero de todas las puestas; si fijaba sus ojos en una dama, en la más inexpugnable, era cosa averiguada que la dama se ablandaría.

Tres desafíos tuvo, y en los tres hirió a su adversario; la herida del último fue mortal, cosa que pareció advertencia del Destino a los futuros contrincantes del barón. Cuando éste sintió el capricho de ser ambicioso, de par en par se le abrieron las puertas de la Dieta, y la secretaría de la Embajada en Madrid hoy le servía únicamente de escalón para puesto más alto. Susurrábase ya que le nombrarían ministro plenipotenciario el invierno próximo.

Si todo ello no era patraña, efectivamente merecía la pena de averiguar con qué talismán se obtienen tan envidiables resultados; y yo me propuse saberlo, porque siempre he profesado el principio de que en lo fantástico y maravilloso hay que creer a pie juntillas, y el que no cree -por lo menos desde las once de la noche hasta las cinco de la madrugada-, es tuerto del cerebro, o sea medio tonto.

A fin de conseguir mi objeto, hice todo lo contrario de lo que suele hacerse en casos tales; procuré conversar con el barón a menudo y en tono franco, pero no le dije nunca palabra del talismán. Hastiado probablemente de conquistas amorosas, estaba el barón en la disposición más favorable para no pecar de fatuo y ser amigo, y nada más que amigo, de una mujer que le tratase con amistosa franqueza. Sin embargo, por algún tiempo mi estrategia no surtió efecto alguno: el barón no se espontaneaba, y hasta percibí en él, más que la insolente alegría del que tiene la suerte en la mano, un dejo de tristeza y de inquietud, una especie de negro pesimismo. Por otro lado, sus repetidas alusiones a tiempos pasados, tiempos modestos y oscuros, y a un repentino encumbramiento, a una deslumbradora racha de felicidad, confirmaban la versión que corría. El anuncio de que había sido llamado a Viena el barón y que era inminente su marcha, me hizo perder la esperanza de saber nada más.

Pensaba yo en esto una tarde, cuando precisamente me anunciaron al barón. Venía, sin duda, a despedirse y traía en la mano un objeto que depositó en la mesilla más próxima. Sentóse después, y miró alrededor como para cerciorarse de que estábamos solos. Sentí una emoción profunda, porque adiviné con rapidez intuitiva, femenil, que del talismán iba a tratarse.

-Vengo -dijo el barón- a pedirle a usted, señora, un favor inestimable para mí. Ya sabe usted que me llaman a mi país, y sospecho que el viaje será corto y precipitado. Poseo un objeto..., una especie de reliquia..., y temo que los azares del viaje... En fin, recelo que me lo roben, porque es muy codiciada, y el vulgo le atribuye virtudes asombrosas. Mi viaje se ha divulgado; es muy posible que hasta se trame algún complot para quitármela. A usted se la confío; guárdela usted hasta mi vuelta, le seré deudor de verdadera gratitud.

¡De manera que aquel talismán precioso, aquel raro amuleto estaba allí, a dos pasos, sobre un mueble, e iba a quedar entre mis manos!

-Tenga usted por seguro que si la guardo, estará bien guardada -respondí con vehemencia-; pero antes de aceptar el encargo quiero que usted me entere de lo que voy a conservar. Aunque nunca he dirigido a usted preguntas indiscretas, sé lo que se dice, y entiendo que, según fama, posee usted un talismán prodigioso que le ha proporcionado toda clase de venturas. No lo guardaré sin saber en qué consiste y si realmente merece tanto interés.

El barón titubeo. Vi que estaba perplejo y que vacilaba antes de resolverse a hablar con toda verdad y franqueza. Por último, prevaleció la sinceridad, y no sin algún esfuerzo, dijo:

-Ha tocado usted, señora, la herida de mi alma. Mi pena y mi torcedor constante es la duda en que vivo sobre si realmente poseo un tesoro de mágicas virtudes, o cuido supersticiosamente un fetiche despreciable. En los hijos de este siglo, la fe en lo sobrenatural es siempre torre sin cimiento; el menor soplo de aire la echa por tierra. Se me cree "feliz", cuando realmente no soy más que "afortunado": sería feliz si estuviese completamente seguro de que lo que ahí se encierra es, en efecto, un talismán que realiza mis deseos y para los golpes de la adversidad; pero este punto es el que no puedo esclarecer. ¿Qué sabré yo decir? Que siendo muy pobre y no haciendo nadie caso de mí, una tarde pasó por Helynagy un israelita venido de Palestina, y se empeñó en venderme eso, asegurándome que me valdría dichas sin número. Lo compré..., como se compran mil chucherías inútiles..., y lo eché en un cajón. Al poco tiempo empezaron a sucederme cosas que cambiaban mi suerte, pero que pueden explicarse todas..., sin necesidad de milagros -aquí el barón sonrió y su sonrisa fue contagiosa-. Todos los días -prosiguió recobrando su expresión melancólica- estamos viendo que un hombre logra en cualquier terreno lo que se merece..., y es corriente y usual que duelistas inexpertos venzan a espadachines famosos. Si yo tuviese la convicción de que existen talismanes, gozaría tranquilamente de mi prosperidad. Lo que me amarga, lo que me abate, es la idea de que puedo vivir juguete de una apariencia engañosa, y que el día menos pensado caerá sobre mí el sino funesto de mi estirpe y de mi raza. Vea usted cómo hacen mal los que me envidian y cómo el tormento del miedo al porvenir compensa esas dichas tan cacareadas. Así y todo, con lo que tengo de fe me basta para rogar a usted que me guarde bien la cajita..., porque la mayor desgracia de un hombre es el no ser escéptico del todo, ni creyente a machamartillo.

Esta confesión leal me explicó la tristeza que había notado en el rostro del barón. Su estado moral me pareció digno de lástima, porque en medio de las mayores venturas le mordía el alma el descreimiento, que todo lo marchita y todo lo corrompe. La victoriosa arrogancia de los hombres grandes dimanó siempre de la confianza en su estrella, y el barón de Helynagy, incapaz de creer, era incapaz asimismo para el triunfo.

Levantóse el barón, y recogiendo el objeto que había traído, desenvolvió un paño de raso negro y vi una cajita de cristal de roca con aristas y cerradura de plata. Alzada la cubierta, sobre un sudario de lienzo guarnecido de encajes, que el barón apartó delicadamente, distinguí una cosa horrible: una figurilla grotesca, negruzca, como de una cuarta de largo, que representaba en pequeño el cuerpo de un hombre. Mi movimiento de repugnancia no sorprendió al barón.

-¿Pero qué es este mamarracho? -hube de preguntarle.

-Esto -replicó el diplomático- es una maravilla de la Naturaleza; esto no se imita ni se finge; esto es la propia raíz de la mandrágora, tal cual se forma en el seno de la tierra. Antigua como el mundo es la superstición que atribuye a la mandrágora antropomorfa las más raras virtudes. Dicen que procede de la sangre de los ajusticiados, y que por eso de noche, a las altas horas, se oye gemir a la mandrágora como si en ella viviese cautiva un alma llena de desesperación. ¡Ah! Cuide usted, por Dios, de tenerla envuelta siempre en un sudario de seda o de lino: sólo así dispensa protección la mandrágora.

-¿Y usted cree todo eso? -exclamé mirando al barón fijamente.

-¡Ojalá! -respondió en tono tan amargo que al pronto no supe replicar palabra.

A poco el barón se despidió repitiendo la súplica de que tuviese el mayor cuidado, por lo que pudiera suceder, con la cajita y su contenido. Advirtióme que regresaría dentro de un mes, y entonces recobraría el depósito.

Así que cayó bajo mi custodia el talismán, ya se comprende que lo miré más despacio; y confieso que si toda la leyenda de la mandrágora me parecía una patraña grosera, una vil superstición de Oriente, no dejó de preocuparme la perfección extraña con que aquella raíz imitaba un cuerpo humano. Discurrí que sería alguna figura contrahecha, pero la vista me desengañó, convenciéndome de que la mano del hombre no tenía parte en el fenómeno, y que el homunculus era natural, la propia raíz según la arrancaran del terreno. Interrogué sobre el particular a personas veraces que habían residido largo tiempo en Palestina, y me aseguraron que no es posible falsificar una mandrágora, y que así, cual la modeló la Naturaleza, la recogen y venden los pastores de los montes de Galaad y de los llanos de Jericó.

Sin duda la rareza del caso, para mí enteramente desconocido, fue lo que en mal hora exaltó mi fantasía. Lo cierto es que empecé a sentir miedo o, al menos, una repulsión invencible hacia el maldito talismán. Lo había guardado con mis joyas en la caja fuerte de mi propio dormitorio; y cátate que me acomete un desvelo febril, y doy en la manía de que la mandrágora dichosa, cuando todo esté en silencio, va a exhalar uno de sus quejidos lúgubres, capaces de helarme la sangre en las venas. Y el ruido más insignificante me despierta temblando y, a veces, el viento que mueve los cristales y estremece las cortinas se me antoja que es la mandrágora que se queja con voces del otro mundo...

En fin, no me dejaba vivir la tal porquería, y determiné sacarla de mi cuarto y llevarla a una cristalera del salón, donde conservaba yo monedas, medallas y algunos cachivaches antiguos. Aquí está el origen de mi eterno remordimiento, del pesar que no se me quitará en la vida. Porque la fatalidad quiso que un criado nuevo, a quien tentaron las monedas que la cristalera encerraba, rompiese los vidrios, y al llevarse las monedas y los dijes, cargase también con la cajita del talismán. Fue para mí terrible golpe. Avisé a la Policía; la Policía revolvió cielo y tierra; el ladrón pareció, sí señor, pareció; recobráronse las monedas, la cajita y el sudario... pero el talismán confesó mi hombre que lo había arrojado a un sumidero de alcantarilla, y no hubo medio de dar con él, aun a costa de las investigaciones más prolijas y mejor remuneradas del mundo.

-¿Y el barón de Helynagy? -pregunté a la dama que me había referido tan singular suceso.

-Murió en un choque de trenes, cuando regresaba a España -contestó ella más pálida que de costumbre y volviendo el rostro.

-¿De modo que era talismán verdadero aquel...?

-¡Válgame Dios! -repuso-. ¿No quiere usted concederle nada a las casualidades?

-Yo la aborrecía como el que más -dijo el semifilósofo-, ¡y cuidado que la aborrecen los mortales! Pero se me figura que mi odio revestía un carácter especial de violencia y desprecio. No sólo me parecía horrible, sino antipáticamente ridícula, y me burlaba de sus gestos, del aparato que la rodea, de los versos y artículos que inspira, de las industrias que sostiene, de las carrozas figurando templetes, de los cocheros y lacayos "a la Federica"; de las coronas de siemprevivas y violetas de trapo que parecen roscones; de los pensamientos tamaños como berzas sobre cuyas negras hojas reluce, adherido con goma arábiga, un descomunal lagrimón de vidrio... Groseras representaciones simbólicas, que me inspiraban en vez de respeto, mofadora risa, y que me hacían exclamar al encontrarme por las calles un entierro: "Ahí va la última mascarada. Como "me lleven" así..., soy capaz de resucitar y de dar el disgusto magno a mis herederos."

Quizá "ella" se enteró de que yo la detestaba tan seria y encarnizadamente. Lo cierto es que una noche, de verano y muy apacible, encontrándome en perfecta salud y sin acordarme para nada de la desagradable acreedora de la Humanidad, como me entretuviese en el jardín respirando el suave aroma de los dondiegos y las madreselvas, y recreándome en la fantástica forma que presta la luna a los árboles y a las lejanías, de pronto vi a la Muerte, a la Muerte en persona, sentada a mi verita, en el mismo banco, y clavando en mí sus profundos ojos de esfinge.

¿Que cómo supe que era la Muerte? ¡Bah! Se la conoce en seguida, ni más ni menos que si la estuviésemos tratando a todas horas. No creáis, sin embargo, que la Muerte se me presentó como suelen pintarla, reducida al estado del mondo esqueleto, armado con una guadaña, sosteniendo un reloj de arena, enseñando los dientes amarillos y entrechocando pavorosamente los huesos. Ésas son fantasías de poetas y pintores. No se necesita reflexionar mucho para comprender que entre lo que llamamos "muerte" y el período en que el cuerpo se convierte en esqueleto pelado media una distancia grande, que sólo salva la imaginación, y que significar la Muerte por medio de una armazón óseo, es como si figurásemos el nacimiento con un poquillo de albúmina o un germen invisible.

La Muerte que se me apareció era una bella mujer con todas sus carnes, mórbidas y frescas aún, si bien descoloridas. A no ser por la palidez intensa de la cara y los brazos, que llevaba descubiertos, la Muerte parecería vivir. Sus pupilas grandes, fijas y dilatadas, miraban de un modo interrogador. Vestía -según pude distinguir a la clara luz de la luna- de una gasa color azul de cielo salpicada de puntitos menudos que relucían como estrellas. Desde que se presentó a mi lado, la templada atmósfera se enfrió, como si soplase una brisa húmeda y glacial.

Al pronto no me atreví a interrogarla. Estoy seguro de que a ti, lector, te sucedería lo mismo: la Muerte, vista de cerca, por más que se adorne, y componga, siempre infundirá una miaja de respeto..., es decir, de asco. Y advirtiendo ella lo que me sucedía, se adelantó a hablarme con voz sumamente dulce, insinuante y melodiosa, que suscitaba el presentimiento o el recuerdo del sonido delicadísimo de una flauta de plata.

-He venido -dijo blandamente- a que hagamos las paces. No me avengo a que todos me miren con repugnancia y a que sea mi nombre un espantajo. ¡Qué injusticia! De venir al mundo deberían espantarse los hombres; pero... ¿de salir de él? Y mira, será chiquillada: lo que más me duele es que me llamen fea. Dime sinceramente: ¿soy fea yo? ¿No es mucho más feo al nacer; no es más prosaico, más doloroso, más sucio, más difícil, hasta más ridículo? Piensa cómo se nace y cómo se muere, y manifiéstame tu opinión. Muertes bellas, heroicas, grandiosas, recordarás infinitas; nacimiento heroico no sé de ninguno. El hombre, cuando nace, sólo afirma su existencia orgánica. Al morir, en cambio, ¡cuántas cosas grandes se han afirmado generosamente: ideas altas y nobles, santas creencias, sentimientos ardientes y profundos! ¿No es cierto que hay vidas que no tienen más valor ni más significación que la que yo vengo a prestarles en un momento supremo? Hubo hombres -a centenares- que sólo viven porque murieron bien.

-Estoy enterado -contesté de mala gana-. Un bel morir... como dijo no sé quién... Y a fe que no soy el único que ignora quién dijo esa sobada frase. Tu tienes razón, hermana Muerte; pero, mira, no lo podemos remediar; no nos haces gracia. Desde que estás ahí, ¡por ejemplo!, siento frío y se me ha encogido el corazón.

-Sin embargo, apostaré a que me vas encontrando menos fea, y, sobre todo, ya no te parezco risible. Estoy segura de llegar a agradarte, a conquistarte, si me sigues tratando. ¡Quién sabe! ¡Podrás amarme quizá! En eso me diferencio también de la Vida. A ésta se la recibe con alegría y alborozo; se espera de ella todo lo bueno, todo lo apetecible, las cosas más bonitas y seductoras... Y pregúntale a tus semejantes, pregúntate a ti mismo, si la insolente ladrona desuellacaras cumple lo que prometió. ¡Pregunta, sí, si alguien queda satisfecho de ella, si hay quien no la maldiga, si hay quien, después de arrancarle la máscara, se aviene a recibirla de nuevo con su secuela de dolores, berrinches y aburrimiento intolerable! En cambio, ¿quién se queja de mí? ¡Observa cómo los que yo me llevo dejan traslucir en sus facciones inexplicable alivio, expresión de conformidad, de sosiego dulce y plácido! Es que yo les colmo a todos las medidas. Doy a cada cual lo que soñó.

-Eres una elocuente abogada -respondí a la Muerte procurando desviarme de ella con disimulo-, y casi me vas persuadiendo; sin embargo, hay en ti algo difícil de soportar, y es eso de que no sepamos adónde nos conduces.

-¿Será a sitios peores que la Tierra?

-Imposible -respondí con gran fe.

-La palabra que acabas de pronunciar es la condena de la vida -respondió la mujer pálida, fascinándome con sus enigmáticos ojos y atrayéndome como atrae lo desconocido, hasta tal punto que, involuntariamente, me acerqué a ella; y notándolo, me sonrió, y me pasó por la cara unas flores marchitas que olían a cera y a incienso. Al respirarlas, empecé a sentir que la Muerte es una sirena.

-Lo que no te perdono -exclamé reaccionando- es tu maldad, tu impía y cruel acción de llevarte a los que amamos. Comprendo que si me llevas no resistiré ni protestaré; pero, ¡ay de ti si te acercas a los seres preferidos! ¿Cómo no quieres que te maldigan los que te ven llegar tranquila e inevitable, cuchillo en mano, para separarle el corazón en dos mitades, llevarte la una y dejar la otra aquí llorando gotas de sangre y hiel? Vamos, Muerte, ahora sí que no tienes nada que alegar en tu defensa. Jamás nos reconciliaremos contigo si tocas a un pelo de la cabeza sagrada. Por eso te llamamos tirana y odiosa; por eso tu aspecto nos crispa y nos indigna, y nunca nos habituaremos a ti, maldición de Dios que pesa sobre nosotros.

La mujer del rostro pálido permaneció algún tiempo callada, sin contestar a mi invectiva. Al fin, lentamente, puso mano de hielo en mi hombro y dijo con acento que penetraba hasta las últimas capas del cerebro:

-Es cierto que separo a los que se aman, que desanudo los brazos, que aíslo las bocas, que pongo entre los cuerpos la valla de bronce del sepulcro, que traigo al espíritu la indiferencia, a la memoria el sopor, que me río irónicamente de los juramentos en que se invocó la eternidad, y que el llanto no me apiada, ni el dolor me importa... Pero ¡en cambio!...

-En cambio..., ¿qué? No hay beneficio que tanto daño pueda compensar.

-Sí lo hay. En cambio..., ¡óyeme bien!... Soy la vengadora segura, infalible, que nunca falta. Tarde o temprano cumplo los sacrílegos deseos y entrego al enemigo la cabeza del enemigo.

Y pasó por la faz de mármol de la muerte una vaga sonrisa de complicidad con la pasión, pasión que en aquel momento sentí con rubor que me subyugaba. Reconciliado enteramente con el espectro, le tendí los brazos en un transporte de rencor satisfactorio y de feroz alegría... Y no tuve tiempo de avergonzarme y arrepentirme de este anticristiano impulso, porque la Muerte había desaparecido y sólo quedaba a mi alrededor el silencio, el olor de las madreselvas, la luna convirtiendo en lago sin límites las lejanías y los términos del valle, y la majestad tranquila de la inmortal Naturaleza.

Érase un emperador (no siempre hemos de decir un rey) y tenía un solo hijo, bueno como el buen pan, candoroso como una doncella (de las que son candorosas) y con el alma henchida de esperanzas lisonjeras y de creencias muy tiernas y dulces. Ni la sombra de una duda, ni el más ligero asomo de escepticismo empañaba el espíritu juvenil y puro del príncipe, que con los brazos abiertos a la Humanidad, la sonrisa en los labios y la fe en el corazón, hollaba una senda de flores.

Sin embargo, a su majestad imperial, que era, claro está, más entrada en años que su alteza, y tenía, como suele decirse, más retorcido el colmillo, le molestaba que su hijo único creyese tan a puño cerrado en la bondad, lealtad y adhesión de todas cuantas personas encontraba por ahí. A fin de prevenirle contra los peligros de tan ciega confianza, consultó a los dos o tres brujos sabihondos más renombrados de su imperio, que revolvieron librotes, levantaron figuras, sacaron horóscopos y devanaron predicciones; hecho lo cual, llamó al príncipe, y le advirtió, en prudente y muy concertado discurso, que moderase aquella propensión a juzgar bien de todos, y tuviese entendido que el mundo no es sino un vasto campo de batalla donde luchan intereses contra intereses y pasiones contra pasiones, y que, según el parecer de muy famosos filósofos antiguos, el hombre es lobo para el hombre. A lo cual respondió el príncipe que para él habían sido todos siempre palomas y corderos, y que dondequiera que fuese no hallaba sino rostros alegres y dulces palabras, amigos solícitos y mujeres hechiceras y amantes.

-Eres príncipe, eres mozo, eres gallardo -advirtió el viejo meneando la cabeza-, y por eso juzgas así. Mas yo, como padre, debo abrirte los ojos y que te sirva de algo mi experiencia. Sométete a una prueba y me dirás maravillas. Ponte al cuello este amuleto mágico, y ve recorriendo las casas de tus mejores amigos... y amigas. Pregúntales si te quieren de veras y pídeles una moneda en señal de cariño. Te la darán muy gustosos; recógelas en un saco y vuélvete aquí con la colecta.

Obedeció el príncipe, y a la tarde regresó a palacio con un saco de dinero tan pesado, que lo traían entre dos pajes.

-Ahora -mandó el emperador- que has recogido fondos, disfrázate de artesano o de labriego y vete por esos caminos, pagando tus gastos con las monedas que te dieron hoy.

Cumplió el príncipe la orden y salió solo y en humilde traje, llevando en el cinto, bolsa y calzas el dinero de su coleta. En la primera posada donde paró ya quisieron apalearle por pretender pagar con moneda falsa el gasto. En la segunda, le apalearon de veras. Y en la tercera, echóle mano la Santa Hermandad, por falso monedero; hasta que, compadecidos de sus lágrimas, le soltaron los cuadrilleros en una aldea, donde resolvió no presentar más el dinero de sus amigos... y amigas y regresar a palacio pidiendo limosna.

Cuando llegó ante su padre, y éste le vio tan pálido, tan deshecho, tan maltratado y tan melancólico, le preguntó con aire de victoria:

-¿Qué tal la moneda del mundo?

-De plomo, padre... Falsísima... Pero lo que yo lloro no es esa moneda, sino otra de oro puro que también perdí.

-¿Cuál, hijo mío?

-Mis ilusiones, que me hacían dichoso -sollozó el príncipe; y mirando a su padre con enojo y queja, se retiró a su cuarto, en el cual se encerró para siempre, pues de allí sólo salió a meterse cartujo, quedándose el imperio sin sucesor.

Fresco, retozón, chorreando juventud, el Año Nuevo, desde los abismos del Tiempo en que nació y se crió, se dirige a la tierra donde ya le aguardan para reemplazar al año caduco, perdido de gota y reuma, condenado a cerrar el ojo y estirar la pata inmediatamente.

Viene el Año Nuevo poseído de las férvidas ilusiones de la mocedad. Viene ansiando derramar beneficios, regalar a todos horas y aun días de júbilo y ventura. Y al tropezar en el umbral de la inmensidad con un antecesor, que pausadamente y renqueando camina a desaparecer, no se le cuece el pan en el cuerpo y pregunta afanoso:

—¿Qué tal, abuelito? ¿Cómo andan las cosas por ahí? ¿De qué medios me valdré para dar gusto a la gente? Aconséjame... ¡A tu experiencia apelo!...

El Año Viejo, alzando no sin dificultad la mano derecha, desfigurada y llena de tofos gotosos, contesta en voz que silba pavorosa al través de las arrasadas encías.

—¡Dar gusto! ¡Si creerá el trastuelo que se puede dar gusto nunca! ¡Ya te contentarías con que no te hartasen de porvidas y reniegos! De las maldiciones que a mí me han echado, ¿ves?, va repleto este zurrón que llevo a cuestas y que me agobia... ¡Bonita carga!... Cansado estoy de oír repetir: "¡Año condenado! ¡Año de desdichas! ¡Año de miseria! ¡Año fatídico! Con otro año como éste..." Y no creas que las acusaciones van contra mí solo... Se murmura de "los años" en general... Todo lo malo que les sucede lo atribuyen los hombres al paso y al peso de los años... ¡A bien que por último me puse tan sordo, que ni me enteraba siquiera!...

Aquí se interrumpe el Año decrépito, porque un acceso de tos horrible le doblega, zamarreándole como al árbol secular el viento huracanado. Y el Año mozo, que ni lleva pastillas de goma ni puede entretenerse en cuidar catarros y asmas, prosigue su camino murmurando con desaliento:

—Adiós, abuelito... Aliviarse... Se hace tarde y voy muy de prisa...

Al entrar en la Tierra, sentíase descorazonado. Como suele decirse, se le había caído el alma a los pies, y además creía herida su dignidad y ofendida su rectitud al acercarse a gentes que le maldecirían y le achacarían, sin razón, sus adversidades y desventuras.

Hasta tal extremo fatiga esta cavilación al muchacho -advierto que el año de mi historia era muy delicado y pundonoroso-, que decide apelar a una especie de plebiscito. Si le rechaza la mayoría, si en él ven un enemigo los mortales, hállase resuelto a suprimirse, a disolverse en la nada, borrando antes con el dedo las cifras de su nombre ya escritas en la gigantesca y negra pizarra del Destino. Un suicidio por decoro antes que una vida detestable entre la universal execración.

Con tan firme propósito, el Año Nuevo, vagando por las calles de populosa ciudad, cruza la primera puerta que ve franca, por la cual salen quejidos lastimeros. Sobre duro camastro yace tendida una vejezuela, seca como pergamino, inmóvil. En sus miembros paralizados sólo vive el dolor. El año se inclina, compadecido, e interroga a la impedida afectuosamente:

-¿Qué es eso, madre? Mal lo pasamos, ¿eh?

-¡Ay, hijo! Esto se llama rabiar y condenarse... Tengo dentro un perro que me roe los huesos sin descanso... ¡Y sin esperanzas de curación! ¡Cuatro años que llevo así!

-¿De modo que no querrá usted llevar uno más? -exclamó el chico con anhelo-. Porque yo soy el Año que viene ahora, y si usted gusta, puedo quitarme de en medio. Desaparezco por escotillón. Usted descuenta ese añito de los que le faltan de padecer... ¡y a vivir... o a morir, según Dios disponga!

Profundo espanto se pinta en la cara amojamada de la vieja. Brillan de terror sus apagados ojos, y cruzando las manos -sólo estaba baldada de la cadera abajo- implora así:

-¡No, Añito del alma, no te vayas, no te quites! No, Añito, eso no. ¡Ya parece que me siento algo aliviada...! ¡Me anuncia el corazón que no has de ser malo como tus antecesores!... ¡Un añito! ¡Y a mi edad, que quedan tan pocos!

Maravillado sale el Año de allí, y como anda tan ligero, presto deja atrás la ciudad y se encuentra en una especie de colonia obrera, albergue de los trabajadores en las minas de azogue.

Sórdida estrechez se delata en el aspecto de las casuchas, y las filas de seres humanos que a la incierta luz del amanecer se dirigen a hundirse en las entrañas de la mina, llevan estampadas en el rostro las huellas del veneno que impregna su organismo. Su palidez verdosa, su temblor mercurial incesante causan escalofrío y miedo.

El Año, espantado de tal vista, se acerca al que más tiembla, que no parece sino muñequillo de médula de saúco bajo la influencia de eléctrica corriente, y le hace la misma proposición que a la vieja tullida.

El temblor del desdichado aumenta. Hiere de pie y de mano, danzando como si le hubiese picado la tarántula maligna. Sus ojos ruegan, sus rodillas se doblan y entre dos zapatetas suplica afligido:

-¡Eso nunca, señor de Año! ¡Por lo que usted más quiera, no me quite un pedazo de la dulce vida! ¡Es el único bien que poseo!

Apártase el Año, entre horrorizado y despreciativo, y con la rapidez propia de su marcha (el tiempo vuela, ya se sabe), al instante llega a orillas del mar, ve un presidio y se introduce en una de sus cuadras.

Residencia para todos odiosa, sombría, mefítica, emponzoñada por hediondas emanaciones, ¿qué será para el hombre que no cesa de dar vueltas a tremenda idea fija: la certidumbre de haber sido condenado sin culpa a cadena perpetua, y de que, mientras se consume en el penal, abrumado de ignominias, el verdadero criminal, que le robó libertad y honor, se pasea tan tranquilo, lisonjeado del mundo, favorecido de la propia mujer del preso?

Y los abyectos compañeros de cadena, al observar en el presidiario inocente un instinto de honradez, una imposibilidad de adaptarse a la degradación, le han tomado por esclavo y víctima, y a fuerza de golpes le obligan a que les sirva y desempeñe los menesteres más bajos.

Cuando el Año penetra en la cuadra, el desdichado preso se ocupa en liar los sucios petates de la brigada toda.

"Lo que es éste, acepta -discurre el Año entre sí-. A vivir semejante, será preferible el nicho."

Al formular la proposición, seguro de que la oiría con transporte, el Año sonríe; pero el presidiario, apenas comprende, se subleva, chilla, pone las manos como para defender o pegar.

¡No faltaba más! ¡Después de tanta inmerecida desventura, iban a robarle un año de existencia! ¡En seguida! ¿Y si mañana reconocían su inculpabilidad y le echaban a la calle? ¡Pues hombre!

Confuso y aturdido huye del presidio el Año Nuevo. ¿A qué repetir la tentativa? Nadie quería perder minuto de esta vida tan injuriada y tan perra...

Sin embargo, por tranquilizar su conciencia, recorre el Año los lugares en que se llora, las mansiones del dolor y la necesidad, las famélicas buhardillas, los campos que riega el sudor del labriego, los asquerosos burdeles, los hospitales, los asilos de la mendicidad, las leproserías, las glaciales prisiones siberianas... Doquiera le dicen "arre allá" cuando pretende cercenarles un año de suplicio...

Ahíto de ver tanta desdicha, el Año quiere reposar una hora en alguna casa alegre, rica y elegante, y se detiene en el palacio de un señor poderoso, a quien rodearon desde la cuna prosperidades y lisonjas, sobre quien llovieron amores, honores y riquezas.

En una estancia que más parece museo, donde tapices de armoniosos tonos apagados sirven de fondo a relucientes y arrogantes armaduras antiguas; recostado en un sillón guadamecí, descansando la sien sobre el puño, está el potentado, siguiendo con lánguido mirar los reflejos de la llama que arde en la chimenea.

"¿Qué dirá éste de mi proposición? -calcula el Año-. Saltará al oírla. Me cruza con aquella tizona, de fijo."

¡Y por chancearse, por curiosidad, ofrece el consabido trato... Doce meses menos, un recorte en la tela del vivir!... Alza la frente el magnate, sonríe penosamente, y tendiendo la diestra, farfulla como si tuviese pereza de hablar:

-Convenido: venga esa mano... ¡Doce meses de aburrimiento que desquito! Mil gracias... No tengo arranque para pegarme un tiro; pero así, indirectamente, es otra cosa...

Y entonces el Año Nuevo se encoge de hombros, alejase de la señorial mansión, y anuncia a son de trompeta, en calendarios y diarios, su entrada en la casa de locos de la Humanidad.

No cuento ni conseja, sino historia.

La costa de L*** es temible para los navegantes. No hay abra, no hay ensenada en que puedan guarecerse. Ásperos acantilados, fieros escollos, traidoras sirtes, bajíos que apenas cubre el agua, es cuanto allí encuentran los buques si tuercen poco o mucho el derrotero. Y no bien se acerca diciembre y las tempestades del equinoccio, retrasadas, se desatan furiosas, no pasa día en que aquellas salvajes playas no se vean sembradas de mil despojos de naufragio.

Favorable para la caza la estación en que el otoño cede el paso al invierno, con frecuencia la pasábamos en L***, y más de una vez sucedió que Simón Monje -alias el Tío Gaviota- nos trajese a vender barricas de coñac o cajas de botellas pescadas por él sin anzuelo ni redes. El apodo de Simón dice bien claro a qué oficio se dedicaba desde tiempo inmemorial el viejo ribereño.

Las gaviotas, como todos saben, no abaten el vuelo sobre la playa sino al acercarse la tormenta y alborotarse el mar. Cuando la bandada de gaviotas se para graznando cavernosamente y se ven sobre la arena húmeda millares de huellas de patitas que forman complicado arabesco, ya pueden los marineros encomendarse a la Virgen, cuya ermita domina el cabo: mal tiempo seguro. A la primera racha huracanada, al primer bandazo que azota el velamen de la lancha sardinera, Simón Monje salía de su casa, y así que la mar se atufaba por lo serio en las largas noches del mes de Difuntos, solía verse vagar por los escollos una lucecica. El farol de Gaviota, que pescaba.

No era bien visto en la aldea Simón. Al fin y a la postre, mientras los demás se rompían el cuerpo destripando terrones o exponían la vida saliendo a la costera del múgil, él, en unos cuantos días revueltos, garfiñaba, sabe Dios cómo, lo suficiente para prestar onzas a rédito y pasar descansadamente el año. Además, el aspecto de Gaviota confieso que también a mí me parecía antipático y una miaja siniestro... Cara amarilla, nariz ganchuda, barba saliente que con la nariz se juntaba, mirar torvo y receloso, párpados amoratados, greñas color ceniza, componían una cabeza repulsiva, aunque con rasgos inteligentes. Sin embargo, aparte de su equívoca profesión de pescador de despojos, no daba Simón pretexto a las murmuraciones de la aldea. Puntual en el pago del canon de la renta de su vivienda, foro nuestro, servicial y respetuoso con los señores, moro de paz con sus iguales, demostraba además una devoción extraordinaria, desviviéndose por el culto de la Virgen de la ermita.

Gracias a Simón, la lámpara no se apagaba nunca, sobraba la cera y dos veces al año se celebraba en el santuario función solemne costeada por el viejo. Una de las funciones se verificaba invariablemente durante el mes de Ánimas y en sufragio de las almas de los náufragos cuyos restos escupía a veces el oleaje contra los escollos o sobre el playal. Y esta misa de Difuntos la oía Gaviota postrado, la faz contra el suelo, barriendo el piso con las canas, repitiendo por centésima vez la súplica de perdón de su horrendo pecado que no se resolvía a confesar, pues el que se confiesa ha de restituir, y si él restituyese tendrá que despojarse de su oro, y su oro lo tenía aún más adentro en el corazón que el remordimiento y que el temor de la divina Justicia...

En la estación veraniega, mientras el mar luce sonrisa de azur, mientras el arenal es de oro, las olas fosforecen de noche y las algas flotan suavemente bajo el cristal del agua nítida, Gaviota olvida a ratos la historia terrible y disfruta en paz sus ganancias. Lo malo es que llega octubre, que el celaje se espesa en cúmulos de plomo, que gimen y rugen el viento y la resaca, y que la bruma, al desgarrar sus densos tules en los picos de los peñascos, finge fantasmas envueltos en sudarios blanquecinos... Y viene el mes de los muertos, el mes en que el otro mundo se pone en relación con nosotros, el mes en que la atmósfera se puebla de espíritus invisibles, en que un vaho de lágrimas, ascendiendo del Purgatorio, humedece el aire..., y entonces Gaviota, a cada viaje a la playa en busca de botín, siente el terror helarle más la sangre en las venas, y sus dedos, que un día se ciñeron al pescuezo de un hombre vivo aún para acabar de asfixiarle y quitarle a mansalva el cinto pletórico de monedas, se crispan y se fijan paralizados, como si ya los agarrotase la agonía. "Confesarse, restituir", sugiere la conciencia; pero el instinto repite: "Adquirir, adquirir más", y afianzando el farolillo, dejando que la áspera brisa seque el sudor del miedo en las sienes, allá va Gaviota entre las tinieblas a espigar lo que lanzan los abismos...

Bien se acuerdan en la parroquia de L***; el último merodeo de Simón fue la noche de Difuntos del año pasado. Aunque pudiesen olvidar lo que a Gaviota sucedió no olvidarían la tempestad tan horrible que se llevó el campanario de la ermita y arrancó de cuajo muchos pinos del pinar que la rodea. Frenético, delirante, el Océano quería tragarse la orilla; el trueno asordaba, el rayo cegaba y el empuje del vendaval parecía estremecer las rocas hasta sus profundas bases, alzando montañas líquidas que empezaban por ser una línea gris en el horizonte; luego, un monstruo de enormes fauces y cabellera blanquísima, galopando hacia tierra como para devorarla. Ninguna barca salió a la mar; las mujeres acudieron al santuario a pedir por los que en ella anduviesen, y como si la Virgen hubiese extendido la mano, al anochecer se quedó el viento y se adormecieron las olas. A poco, si los de la aldea no se hubiesen encerrado en sus casuchas, podrían ver la luz del farolillo de Gaviota oscilando entre las tinieblas por lo más escabroso de la orilla.

Al pie de los bajos que llamaremos de Corveira fijóse la vagarosa luz. Simón la había dejado en el hueco de una peña y registraba el playazo. Conocía perfectamente los sitios adonde las corrientes traen la presa, y tanto los conocía, que cabalmente había sido "allí"... Los dientes de Simón castañeteaban: ¡aquella noche de noviembre pertenecía a los muertos! Saltando de charco en charco y de escollo en escollo, dirigióse a un recodo del cantil, donde su mirada penetrante distinguía un bulto de extraña forma, probablemente un mueble, un lío de ropa, señal cierta del desastre de una gran embarcación. Frío espanto clavó a la arena los pies de Gaviota al advertir que no era sino un cuerpo humano..., el cuerpo de un náufrago. Entre las sombras blanqueaba vagamente el rostro, negreaba la vestimenta, se dibujaban y acusaban las formas...

El primer impulso de Simón fue huir. Duró un instante. La codicia se la disfrazaba de humanidad. "Puede estar vivo, y quién sabe si "a éste" lo salvo." Cogió el farolillo y acercóse titubeante como un ebrio. Llegó la claridad a la cara del náufrago: un rostro juvenil, tumefacto, congestionado, helado. "Bien muerto está..." Entonces reparó en el traje rico, en la cadena de oro que cruzaba el chaleco: el infeliz, sin duda, se había arrojado vestido al agua, y los dedos ganchudos del Gaviota deslizáronse, afanosos, hasta los bolsillos del chaleco, repletos, abultados. Probablemente en esta tarea hizo el peso de Simón jugar los músculos pectorales del cadáver que ya se creían inmóviles hasta el solemne día del Juicio. Sólo así explicaron los médicos que el rígido brazo pudiera erguirse de pronto y la yerta mano caer sobre las mejillas de Simón.

A la gente de L***, la explicación no le satisface; es más, no la comprende siquiera. ¿Quién mueve el brazo de un difunto para abofetear a un criminal empedernido sino esa misma fuerza que alza en el mar la ola y agrupa en el cielo las nubes: la fuerza de la eterna Justicia?

Guardó cama dos días el Tío Gaviota: uno vivo, otro de cuerpo presente: al tercero lo enterraron. Se había confesado con muchas lágrimas y ejemplar arrepentimiento.

-Durante la temporada de los baños de mar -dijo Carmona, nuestro proveedor de historias espeluznantes- hice migas con un muchacho que ostenta un apellido precioso, mitad español y mitad italiano, evocador de nuestras glorias pasadas: Ramírez de Oviedo Esforcia. Familiarmente, los que le conocíamos en la linda playa de V*** le llamábamos Fadriquito, y abreviando Fadrí. Existía curioso contraste entre los sonoros y heroicos apellidos de Fadrí y su persona. Era una criatura endeble, anémica, clorótica, de afeminado semblante, de ojos claros y transparentes como el agua de dulce carácter y exquisita finura; y los facultativos, al enviarle a V***, le habían encargado que viviese en la playa; que se saturase de aire salobre, que se impregnase de sales marinas; en broma, decíamos que para remedio de su sosería, y en realidad, para prestar algún vigor a su empobrecida complexión y a su organismo débil y exangüe. "¡Qué quieren ustedes...! -repetía Fadrí-. Soy huérfano, no tengo quien me cuide... y he de cuidarme solo."

El joven aristócrata se me aficionó, y juntos nos bañábamos, almorzábamos, salíamos a paseo y concurríamos al casino. Había yo notado en Fadrí una singularidad, que despertó mi instinto de observador: al desnudarse para entrar en las olas, se cuidaba de no descubrir la garganta ni un momento, manteniéndola envuelta en un pañuelo blanco muy ancho, que sustituía por otro, después de arroparse en la sábana con el mayor recato. Los cuellos almidonados de sus camisas subían casi hasta las orejas, y esto, que algunos creyeron afectación de elegancia, lo relacioné con el detalle del pañuelo, sospechando que podría tener por objeto encubrir los estigmas de la escrófula, que llamamos lamparones. Sin embargo, "algo" me indicaba causa distinta para tan excesiva precaución; y un día, a pretexto de echarle la sábana, me arreglé de suerte que el pañuelo quedó en mis manos, y patente la garganta de mi amigo.

Él exhaló un gemido, como si le hubiesen arrancado el vendaje de una llaga; y yo reprimí un grito -tan extraño me pareció lo que veía-. Superaba a mis presentimientos... Destacándose sobre la blancura de los hombros y las espaldas, señalaba el arranque del cuello ancha marca circular, entre sangrienta y lívida, de irregular contorno, semejante a la huella que deja el cuchillo al separar del tronco la cabeza. Diríase que, después de cortada, habían vuelto a colocarla allí, y que al menor movimiento rodaría al suelo. No me quedaría, si sucediese, más helado de lo que me quedé, notando la horrible señal. Fadrí se cubría ya, con trémulas manos, y yo permanecí inmóvil; el asombro me paralizaba la lengua. Por fin, recobrando el uso de la palabra, me deshice en tan sinceras y sentidas excusas, que el pobre muchacho sólo contestó a ellas con un abrazo largo y expresivo como amistosa confidencia...

Y la confidencia tenía que seguir al abrazo, por ley natural de las cosas. Acaso Fadrí la deseaba, pues el corazón no resiste fácilmente la pesadumbre de ciertos secretos... Por la tarde nos sentamos sobre una peña de la costa, en lugar solitario y salvaje, y al pavoroso ruido de la resaca se mezcló la voz de Fadrí, relatándome lo que tanto deseaba saber: la historia de la señal.

-Después de cinco años de matrimonio estéril -empezó-, mis padres iban perdiendo la esperanza de tener hijos. Los médicos lo atribuían a la complexión de mi madre, que era enfermiza, nerviosa y de una exaltada sensibilidad; y para que se robusteciese le aconsejaron una larga residencia en el campo y una vida enteramente rústica: de levantarse temprano, acostarse con las gallinas, comer mucho, pasear a pie y evitar todo género de emociones. ¡Sobre todo, las emociones le eran funestas! Para dejarla más tranquila y atender a varios asuntos pendientes, mi padre resolvió no acompañarla a la finca de Castilbermejo, que era el lugar escogido por su amenidad y salubridad, y también porque la familia del mayordomo, gente honrada y adicta, cuidaría y atendería a la señora.

Me agrada Castilbermejo -advirtió mi padre- porque, si bien en los siglos XV y XVI fue una fortaleza donde se batió el cobre, al reconstruirla se convirtió en una casa grande, cómoda y apacible. Ya no queda allí ni rastro de los tiempos crueles..., sino la historia de la cabeza, que supongo es una patraña.

-¿De la cabeza? -preguntó mi madre con interés-. ¿Qué cabeza es ésa?

-¡Nada, mentiras! -se apresuró a exclamar él, ya arrepentido-. Como no estuve en Castilbermejo desde chiquillo, apenas recuerdo...

Ella insistió, y mi padre, de mala gana, dio algunos detalles.

-Pues aseguran que existe en la casa, dentro de un cofre de terciopelo granate, la cabeza de un antepasado, un Esforcia, que degollaron en Italia en el siglo XVI... Parece que fue hijo o sobrino de aquel famoso Galeazzo, el que envenenó a su propia madre, Blanca Visconti... ¡Tonterías, consejas! Ya te estás poniendo pálida, criatura... No debí ni mentar semejante embuste.

Calló ella, olvidóse el incidente, y mi madre salió al fin para Castilbermejo, sentándole divinamente los primeros días de rusticación. Según confesó después la pobrecilla, el campo le produjo efectos tan bienhechores, que no pensó en la cabeza del antepasado, aunque la relación de mi padre se había quedado fija en su imaginación vehemente, como un clavo en la pared. El aire puro, el sol, la paz y el sosiego de la comarca, la leche fresca, la fruta, el sueño tranquilo, los cuidados y sencilla amabilidad de la familia del mayordomo, influyeron tan provechosamente en la señora, que su rostro recobró el color, su estómago el apetito y su carácter la alegría de los pocos años. No obstante, ¿se ha fijado usted en este fenómeno? El campo, si tranquiliza los nervios, también a la larga, por efecto de la soledad y de la misma carencia de cuidados, ocupaciones y distracciones, acaba por exaltar la fantasía. Esto le sucedió a mi madre. Al mes o poco más de residir en Castilbermejo, la idea de la cabeza cortada empezó a preocuparla día y noche -de noche especialmente-. La veía en sueños, destilando sangre, y se despertaba estremecida, a las altas horas, como si un fantasma acabase de tocarla con mano glacial... Comprendiendo -porque era una señora de claro talento- lo quimérico de estas figuraciones, no quería decir palabra de ellas a los que la rodeaban ni preguntar por el cofre de terciopelo, recelosa de que se trasluciese su delirio en la pregunta... Había momentos en que sospechaba que tal vez, positivamente, fuese todo una conseja ridícula; y así, entre incrédula y fascinada decidió registrar la casa, hasta ver confirmados o deshechos sus temores. No sabía ella misma si deseaba o recelaba encontrar la cabeza. Quizá consideraba una desilusión el no descubrir el cofre.

A pretextos de arreglos, muy propios de una dama hacendosa, revolvió la casa de arriba a abajo, escudriñando los desvanes, los sótanos y hasta las bodegas; pero el cofre no aparecía. Cuando ya iba cansándose de pesquisas infructuosas, recibió una carta de mi padre, avisando que llegaba a pasar una semana de campo. Alegre, olvidada momentáneamente de sus quimeras, púsose a arreglar y disponer el vasto aposento que servía de dormitorio, limpiándolo y adornándolo cuanto pudo, trayendo flores del huerto y despejando para guardarropa las hondas alacenas que formaban uno de los lados de la habitación. En el estante más alto hacinábanse objetos llenos de moho y de humedad, frascos de caza, monturas antiguas, papeles amarillentos; y la hija del mayordomo, que encaramada en una escalera, iba sacando estos trastos, chilló de pronto:

-Aquí hay también uno a modo de cajón... ¿Lo bajo?

-Bájalo -ordenó mi madre, que extendió las manos y recogió cuidadosamente una caja no muy grande, desvencijada, sombría, con herrajes comidos de orín, y cuya tapa, desprendida de los goznes, se ladeó y descubrió en el interior un objeto trágico y terrible: una cabeza cortada, momificada, que aún conservaba parte del pelo y la intacta dentadura.

Fadrí se interpuso, suspiró y clavó los ojos en los míos.

-¡El cofre! -exclamé, sugestionado.

-¡El cofre!... ¡Usted suponga la sacudida nerviosa que sufrió mi madre! Lo que buscaba por toda la casa, el enigma, lo tenía allí, en su cuarto, a dos pasos de su cabecera, en el único sitio que no se le había ocurrido examinar. Cuando llegó mi padre la encontró con unas convulsiones muy violentas. A fuerza de cuidados y cariño, logró que se repusiese un poco, y la sacó enseguida de Castilbermejo. ¡De allí a nueve meses y días nací yo..., con esta señal que usted ha visto!

Volvió a guardar silencio Fadrí, y pregunté, lleno de compasión:

-¿Y... su madre de usted...?

-No pudieron ocultárselo... ¡Fue su perdición, fue lo que acabó de trastornar su cerebro! Murió en la casa de salud del doctor Moyuela..., que prometió con su sistema devolverle la razón... ¿Mal antecedente, verdad? Yo necesito doble método y grandes precauciones... ¡Esas cosas se heredan!

LA COMEDIA PIADOSA

- I -
Casuística

Ni los años ni los corrimientos habían ofendido demasiadamente la hermosura de doña Petra Regalado Sanz, a quien conocía por Regaladita la buena sociedad de Marineda. De un cabello negro como la pez, aún quedaban abundantes residuos entrecanos, peinados con el arte en sortijillas; de un buen talle y de unas lozanas carnes trigueñas, una persona ya ajamonada y repolluda, pero muy tratable, como dicen los clásicos; de unos ojuelos vivos y flechadores, "algo" que aún podía llamarse fuego y lumbre; de unas manitas cucas, otras amorcilladas, pero hoyosas y tersas como rasolíes. Con tales gracias y prendas, no cabe duda que Regaladita estaba todavía capaz de dar un buen rato al diablo y muchisímas desazones al ángel custodio: por fortuna (apresurémonos a declararlo, no le ocurra al lector a sospechar de la honestidad de nuestra heroína), Regaladita no pensaba en tal cosa, sino muy al contrario, como veremos, y con altísimos y cristianos pensares.

Era viuda, de marido que, por vivir poco, no molestó en extremo, aunque sí lo bastante para que Regaladita le cobrase cierto asquillo a la santa coyunda y se propusiese no reincidir. Disfrutaba una rentita modesta en papel del Estado, suficiente para el desahogo de una señora "pelada", como ella decía. Cortaba el cupón apaciblemente, y ni la apuraban malas cosechas, ni emigraciones, ni desalquilos, ni impuestos, ni litigios, ni otros inconvenientes que traen a mal traer a los propietarios de fincas rústicas y urbanas. En cambio, las alteraciones del orden público y de la paz europea solían causarle jaqueca y flato. Cuando sus amigas veían a Regaladita con ruedas de patata en las sienes, ya se sabe: echaban la culpa a Ruiz Zorrilla o al emperador de Alemania.

Mas no por eso se crea que la vida de Regaladita se deslizaba como manso arroyuelo, exenta de cuidados y de aspiraciones y de poéticas nostalgias. ¡Ah, eso no! Regaladita no se daba por contenta con su "pasar" decoroso, su vivienda abrigada como un nido, sus buenas relaciones y sus frecuentes goces de vanidad al verse más conservada que manzana en el frutero. Regaladita, allá en lo recóndito de su corazón, acariciaba un sueño ambicioso, inverosímil... ¡Nada menos que el de llegar a santa!... ¡Santa a estas alturas!

Penitencia asidua del padre Incienso, todos los sábados, al arrodillarse al pie de la rejilla, manifestaba Regaladita a su confesor firmes y ardientes propósitos de avanzar por el camino de la perfección espiritual, y de tratar rigurosamente al asno, o sea al cuerpo antojadizo y goloso. Entiendan, señores, por Dios, que los antojos del asno de Regaladita no eran antojos de ésos que abochornan. La idea de ciertos feísimos pecados ni cruzaba por su mente. Las tentaciones de sensualidad que Regaladita combatía con amazónico denuedo tenían por causa algún plato sabroso, algún sorbo de rancio jerez, paladeado con morosa delectación: algún abrigo "pintado" que su dueña miraba de frente y de espalda, combinando dos espejos con pueril coquetería; algún par de guantes superfluo, cuyo importe estaría mejor empleado en bonos de la Sociedad de San Vicente; alguna butaca mullida en que se arrellanaba con sobrado gusto para que fuese inocente la complacencia.

El padre Incienso, jesuita avisado y perito en achaques de escrúpulos y conatos de santidad, sonreía con indulgencia, allá para su faja, siempre que Regaladita, con harto sobrealiento por lo incómodo de la postura, le confiaba sus ardientes anhelos de "padecer o morir".

"Muy fondona y acolchada estás tú para echarla de ascética -pensaba el discreto confesor, calmando, lo mejor que sabía, por medio de exhortaciones llenas de profunda sensatez, aquel místico afán-. Vamos a ver: ¿por qué se me aflige usted tanto? ¿Por qué en casa de Veniales repitió de la perdiz estofada y se chupó los dedos? ¡Valiente pecado, hija!... Le voy a poner a usted de penitencia que se coma una patita más para otra vez... Pero ¿cómo le he de decir a usted que la acción de comer es de suyo indiferente, y hasta loable cuando se tiende a reparar las fuerzas y a conservar la salud?..."

No se daba por convencida la pecadora, y escarbando más y más en la conciencia, sacaba otras faltillas que, a fuerza de argucia, disfrazaba de gravísimas infracciones a la ley de Dios.

-No diga usted, padre; es usted demasiado bueno; yo soy terrible, porque no hago sino disparates. El vestido que compré ayer cuesta a cinco pesetas la vara, y en la tienda había telas que aparentaban lo mismo y sólo costaban a tres y media. Pude ahorrarme eso... para los pobres. ¡Ya ve usted si hice mal!

-No, hija -contestaba el padre Incienso sin alterarse-. No hizo usted mal; la tela que ha comprado será de más duración, y también más conforme a su posición de usted en el mundo. Son motivos atendibles. No ha de andar usted metida en un saco.

-Padre -murmuraba otras veces la devota-, ha de saber que anteanoche en casa de la marquesa de Veniales, se bailó el vals, y el secretario del

Gobierno civil resbaló y fue a dar de narices contra el biombo. Las muchachas se rieron, pero yo me reía más que todas...

-¿De modo que el interesado lo oyese?

-Yo no sé si lo oiría...

-No me parece caritativo, y bueno será que usted se contenga para no ofender ni herir a nadie; sin embargo, tampoco veo ahí motivo para desconsolarse e hipar ahora...

-Sí, señor; que lo hay... Porque ya sabe usted que quiero ser mejor todos los días, y que no viviré tranquila hasta que llegue a conseguir...

-¿A conseguir... qué?

-Lo que han conseguido otras -contestaba Regaladita, bajando los ojos ante la mirada perspicaz y un poquito irónica del padre.

-Hija mía -advertía éste sin descomponerse y en tono melifluo-, ya le he dicho a usted que eso es... ambicionar demasiado, y ociosidades; dispénseme usted la expresión. Conténtese con ser lo que está siendo: una buena señora, que vive cristianamente, sin ofender a Dios en cuestiones de ésas que..., que le ofenden muchísimo, aunque las pueda absolver este tribunal, como usted sabe. Yo no la considero a usted perfecta y, sin embargo, sólo le pido que se vaya sosteniendo como hasta aquí, o un poquito más, pero sin esos píos de santidades. Créame usted a mí, yo la conozco. Recuerde usted, hija mía, lo que se cuenta de las santas, y cómo vivieron, y lo que tuvieron que hacer para alcanzar la santidad dichosa. Ayunos, cilicios, mortificaciones de todas clases, penitencias durísimas. ¡Si usted se impusiese un día nada más lo que ellas se imponían a diario, enfermaría usted de peligro, no lo dude! Represéntese usted lo que es llevar a raíz de la carne un cinturón con púas de hierro; piense en un mendrugo de pan añejo, aderezado con ceniza; imagínese una noche en oración, de rodillas y con los brazos en cruz; suponga por cama una tarima, y por cabezal un guijarro.

Regaladita se estremecía al escuchar tan terrorífica pintura; parecíale sentir en las costillas y en los muslos mordeduras de férreos garfios, y en el paladar sabor a ceniza y berzas sin sal ni otro condimento. Una voz burlona susurraba a su oído: "¡Atrévete, cobarde, comodona, golosa; atrévete con esos pinchos y esas camas de piedra!" Y compungida, y casi con ganas de hacer pucheros, balbució:

-¡Quién sabe, padre! Tal vez sirviese yo para todo eso y mucho más... Usted no me permite nunca que ensaye... ¡No quiere usted que gane coronas en el cielo...!

-¡No, hija, por Dios! Si yo no se lo prohíbo a usted -dijo el padre con socarronería dulcísima-. Puesto que siente usted fervores, no ha de ser su confesor quien la desanime: nada de eso. Le recomiendo, sí, la prudencia...; pero no me opongo. ¡Qué me había de oponer! ¿Desea usted imitar a los santos? Pues enhorabuena, hija; yo la aprobaré, yo me complaceré en sus glorias y merecimientos. No desoiga más la voz de lo alto: empiece, hija, empiece esa tanda de maceraciones que han de igualarla con Santa Catalina, Santa Clara y la Venerable Emmerich... ¡Ea! Desde mañana, libertad para obrar como guste: permiso amplio. ¿Que hábito de estameña? Pues hábito de estameña. ¿Que ayuno? Pues al traspaso. ¿Que cilicio? Un rallador debajo del corsé. ¿Que disciplinas? Yo le puedo prestar unas de alambre; las usó mi maestro, el padre Celís, que, según opinión piadosa, estará en la gloria pidiendo por nosotros...

No supo Regaladita discernir si era chunga o si hablaba formalmente el confesor: y la sospecha de que fuesen delicada burla las palabras del padre acrecentó las ganas de martirio y el propósito de asombrarle, el sábado próximo, con alguna estupenda muestra de santidad.

Lo primero, determinó Regaladita desbaratar su gracioso peinado y sustituirlo por una castaña y dos cortinillas. Llamó a la costurera, y quitando los faralaes a un vestido negro de lana, lo dejó liso y propio para la nueva vida devota. Se lo puso, y como aún sintiese tentaciones de mirarse al espejo, se pegó un suave pellizco para acostumbrarse a prescindir del profano mueble. En la comida suprimió el vino, y como trajesen croquetas muy doradas, su plato predilecto, entornó los ojos, y con una constricción del paladar, que le llenó la boca de saliva, las rechazó con la mano. Sólo comió del cocido y una miaja de queso. "Esto del queso lo suprimiré mañana. Hay que ir poco a poco", pensó. De noche, al retirarse, tenía determinado rezar de rodillas una hora u hora y media lo menos. Arrodillóse al pie de la cama, que la criada dejaba entreabierta, y emprendió la tarea con buen ánimo. Los tres primeros dieces del rosario iban sobre ruedas; al cuarto, la blancura de las sábanas distrajo a Regaladita; al quinto, el hueco que esperaba por su humanidad la atrajo como al náufrago el remolino; se levantó, se desabrochó la ropa, la dejó resbalar al suelo... y se tendió a la larga, subiendo hasta la barbilla la colcha y el edredón, y suspirando voluptuosamente... Aquella noche hacía un frío siberiano.

A la mañana se despertó soñolienta, calentita, avergonzada, y más ansiosa que nunca de realizar grandes y heroicas mortificaciones del asnillo. Un incidente casual le sugirió singular idea, penitencia nunca leída en la historia de ninguna santa. Sucedió que la costurera, mujer parlanchina y sencillota, hubo de referir cómo una hermana que tenía, cigarrera por más señas, se había ofrecido, por la salud de un hijo, a visitar a pie el santuario de La Guardia; y no sólo a pie, sino calzando zapatos llenos de arena... El santuario de La Guardia dista de Marineda dos leguas de áspero camino.

"¡Yo haré más, mucho más! -pensó Regaladita-. Ya verá el padre Incienso lo que es bueno. Perfeccionar a ese rasgo de devoción."

En efecto, el sábado, al postrarse en el conocido rincón de la iglesia de San Efrén, la señora, ufanísima, manifestó a su director que, aparte de varias privaciones y maceraciones ejercitadas en la semana, tenía resuelto oír misa en el santuario de La Guardia, el domingo, llegando a él por su pie, y habiendo metido previamente en las botas media docena de garbanzos, con la cual iría en un potro y castigaría bien sus instintos de deleite y molicie.

-Pues hija -respondió el confesor-, me parece un disparate. ¡No dará usted un paso llevando los pies así; se caerá usted redonda! Guíese por mí, y no lo intente siquiera.

-Dios me ayudará -respondió intrépidamente la futura santa.

-Es que se vendrá usted a tierra sin remedio. ¡Bonita figura hará tumbada en mitad del camino!

-¿Y no puede Dios sostenerme?

-Claro que puede; lo que yo dudo es que quiera.

-Padre, me quita usted la esperanza -murmuró Regaladita, casi llorando.

-No, hija, no... la esperanza, nunca. Le represento a usted los inconvenientes, y le aconsejo desista de su empresa, que me parece temeraria. Es lo único que hago.

-¿Me lo prohíbe usted?

-Tanto como prohibir..., no. Si ha hecho usted oferta expresa...

-Oferta hice..., y a la Virgen, y con toda formalidad.

-Pues entonces no hay más que decir. Ya me contará usted el sábado cómo llegó a La Guardia..., si es que el sábado no está coja, patitiesa y asistida de médicos.

No estaba coja, sino más lista que nunca, el sábado siguiente la confesada del padre Incienso. Al verla tan ágil, arrodillándose viva y pizpireta, el jesuita, lleno de curiosidad, se inclinó, prescindiendo de las acostumbradas fórmulas, y preguntando aprisa, con interés extraordinario:

-¿Qué tal? ¿Qué tal? ¿Fuimos a La Guardia?

-¡Ya lo creo que fui! -contestó la santa futura.

-¿Y... esos pies?

-Bien...; sin novedad, como siempre.

-¿Y... cumplió usted toda la oferta? ¿Metió los garbanzos?

-¡Sí por cierto!... ¿No había de meterlos, padre, cuando la oferta en eso precisamente consistía?

-¡Hija, parece un milagro! -exclamó el Padre, sorprendidísimo.

-Padre, milagro no... Porque verá usted... Yo... Mire usted... ¡No se ría! Como los garbanzos me lastimaban tan horriblemente..., que no podía... dar un paso sin desmayarme de dolor..., se me ocurrió... cocerlos..., y después de cocidos... ya marchó todo... como una seda... ¡como una seda..., Padre!

Cuaresmal

María del Olvido necesitó, para entrar en el convento, de austerísima regla, dispensa de edad. Era viuda, y sólo ofrecía a Dios los últimos años de una vida siempre regalona y feliz, pues en el mundo sor María se llamaba la excelentísima señora doña Pilar Monteverde, y poseía cortijos, dehesas, casas y valores.

Al perder a su marido, al encontrarse casi vieja, doña Pilar empezó a pensar seriamente en el negocio del alma. Bueno sería haber pasado aquí una existencia cómoda y deliciosa, siempre que no por eso fuesen a hartarla de tizonazos en el Purgatorio, o sabe Dios si en sitio harto peor y todavía más caliente... Y con la conciencia alborotada y el espíritu lleno de inquietud, se avistó con su confesor y le dijo, sobre poco más o menos:

-Padre, una gran noticia... ¡Sepa usted que he resuelto meterme monja!...

-¿Usted, señora? -exclamó él, aturdido.

-Yo misma. ¿Por qué se pasma tanto, padre? ¿Son las monjas de diferente madera que yo?

-De la misma, pero..., a su edad de usted, y con sus hábitos de bienestar y de lujo, dificilillo veo que se sujete usted a regla ninguna.

-Precisamente por mi edad es por lo que deseo entrar en el claustro. Tengo..., cosa de cincuenta y..., y pico, y he sido tan dichosa, que recelo que he de pagar la cuenta atrasada en el otro mundo. Con excelente salud, rica, adorada por mi esposo, considerada por las gentes..., no me ha faltado, como suele decirse, sino sarna para rascar. Los años que me queden quiero consagrarlos a ganar la gloria, mucha gloria, una gloria de primera, una sillita cerca de la que ocupen los santos. ¿Hago mal?

-Mal, precisamente, no; pero la empresa pide energía y fuerzas..., y pronunciados los votos, no vale arrepentirse. ¡En fin, tiene usted por delante el tiempo del noviciado!...

Las dudas y la frialdad del padre picaron el amor propio de doña Pilar. ¿No la creían a ella capaz de mortificación, de heroísmo en la penitencia y de puntualidad en la observancia de la regla? ¡Ya verían, ya verían lo que sabía hacer por conseguir asiento de preferencia en la gloria! Y doña Pilar, con gran edificación de los marinedinos, entró nada menos que en las monjas de la Buena Muerte, y trocó los vestidos de seda y terciopelo por las estameñas y el burel de los pobres hábitos, y su vivienda elegante y llena de delicados refinamientos, por la desnuda celda. Las mismas monjas estaban asombradas de la resolución y bizarría de la señora, y como porfiasen en que por fuerza tenía que recordar a cada instante las fruiciones y halagos del mundo, y ella protestase contra tal supuesto, afirmando que lo había olvidado todo, resolvieron que al profesar adoptase el nombre de sor María del Olvido, y María del Olvido la llamaron desde aquel instante. La fecha de la toma del velo se fijó para el Domingo de Pascua.

Importa saber que comían de vigilia el año entero las monjas de la Buena Muerte, y este régimen austerísimo, que con mayor rigor, si cabe, seguían las novicias, no arredró a doña Pilar. Apencó valerosamente con el bacalao y las sardinas, y puso gesto seráfico a los garbanzos con espinaca y a las flatulentas lentejas. Mas llegó la Cuaresma, y las monjas de la Buena Muerte empezaron su redoblado ayuno, sus cuarenta días de abstinencia, lo más parecida posible a la de Cristo en la montaña. El período cuadragesimal lo engañaban las pobres reclusas con vegetales y mendrugos de pan, que adrede dejaban ponerse añejos. Una monja, casi centenaria, era venerada en el convento porque se sustentaba durante la Cuaresma con puches de mijo y unos puñados de harina amasada con aceite...

El primer día de este régimen lo sobrellevó bien la novicia del Olvido. Al segundo notó que el estómago se le contraía y que se le desvanecía la cabeza. Al tercero se sintió morir, pero no quiso dar su brazo a torcer; bajó al coro, según costumbre, y mientras sus labios murmuraban las palabras del rezo, extraña alucinación ofuscaba su vista. Allá en el altar, que se divisaba al través de las rejas con su alto retablo de talla, creía ver una piscina muy grande, de verdosa agua marina, dorada por los rayos de sol, y nadando en la piscina o adheridos a sus paredes, divisó peces y mariscos de los más sabrosos, de los que la golosina busca y prefiere, de los que en su mesa se servían cada viernes de Cuaresma, aderezados con exquisitas y picantes salsas. Allí la langosta incitante; la ostra aperitiva, clara y sabrosa; la almeja recia y vivaz; el lubrigante que cruje en los dientes de puro terso; la anguila revestida de amarilla grasa; el salmón rosado y duro como una carne virginal... Allí el percebe tieso y salobre; el camaroncillo travieso, de dentadas barbas; el besugo carnoso; el rodaballo, mármol exquisito al paladar; el mejillón, con sus valvas entreabiertas; el "peón" diminuto, plateado, tan delicioso en tortilla... La riqueza inagotable del mar Cantábrico, fecundo hervidero de seres, depósito caudaloso de goces para el aficionado a la buena mesa. Y mientras la del Olvido, en famélico transporte, mordía silenciosamente el hierro de la reja, una figura rojiza se alzó sobre la piscina, y, andando por los aires, vino a colocarse frente a la novicia quintañona. En sus cuernecillos de llama, en su rabo enroscado, en su hálito de fuego, doña Pilar reconoció al propio Satanás. El enemigo se reía y murmuraba irónico: "¡Olvido, Olvido, a ver si olvidas todo esto!".

Y la del Olvido recordaba, recordaba, y la boca se le llenaba de agua y se le nublaban los ojos...

Pocos días después decíale aquel mismo prudente confesor, en tono benévolo y consolándola:

-¿No la previne de que no iba a resistir esas asperezas de la Buena Muerte? No hay cosa tan difícil para los sentidos como "olvidar". Las monjas tienen que tomar el velo jovencitas.

-Me contentaré -murmuró doña Pilar suspirando- con un asiento de última fila en el cielo. Fui ambiciosa, y el diablo me pegó un pellizco para avisarme de que hasta en los buenos propósitos hay que ser modesto y humilde.

Le pusieron el sobrenombre de Malvita, diminuto de Malva, a causa de su increíble dulzura y su espíritu extraordinario de docilidad. En este punto se puede afirmar que Malvita era un asombro y un modelo. El apodo, por otra parte, armonizaba con su tipo físico lo mismo que con el moral; y al contemplar el rostro delicado, los mansos ojos azules, la sonrisa beatífica y el pelo de oro de la muchacha, se imponía la trillada comparación con un ángel, por no haber ninguna que mejor expresase el efecto de la figura de Malvita.

Era Malvita hija de un ricachón de pueblo, muy iracundo y despótico, que a deshora cometió la necedad de casarse en segundas con cierta fidalga, viuda también, muy preciada de pergaminos, y tan altanera y erizada de púas como rabioso y gruñón era su nuevo esposo. Habíalos forjado el diablo expresamente para desesperarse el uno al otro, y desde la boda no hubo en la casa momento de tranquilidad. Disputaban y reñían hasta por si iba a llover al día siguiente, y todo eran berrinches, desazones, dicterios, porrazos a las puertas, órdenes contradictorias a los criados, escándalos al vecindario; en suma, el pavoroso aparato de mal matrimonio, que hace envidiables las calderas del infierno. En vano la mansedumbre de Malvita trataba de interponerse, a manera de copo de algodón en rama, entre el choque y la explosión incesante de aquellos dos genios de nitroglicerina; sólo conseguía que, más embravecidos, volvieran a la lid como dragones que ansían devorarse.

Cierto día que el señor cura párroco encontró a Malvita sola en el huerto, recogiendo fresas en una hoja de berza, creyó que estaba en el deber de prodigarle consuelos, y le dijo con bondad suma:

-¡Pobre Malvita! Pensamos mucho en ti; el pueblo entero te compadece. Para la vida que llevas, a la verdad, creo que mejor estarías en un convento. Al fin tú no sabes más que obedecer como una cordera pacífica. Obediencia por obediencia, aquella sería menos dura; las monjitas son muy buenas, y la regla, como instituida por un gran santo, es un dechado de perfección y justicia. ¿No se te ha ocurrido esto, Malvita? Di.

La muchacha sonrió y alzó el verde plato natural que formaba la berza, ofreciendo cortésmente la roja fruta al buen párroco. Después de que éste aceptó y picó varias fresas de las más sazonadas, Malvita, con su acento tranquilo y humilde, respondió pausadamente:

-Sí, se me ha ocurrido; pero, pensándolo bien, y por conciencia, he desechado tal solución. Yo no practico la obediencia por virtud, sino por placer; y es tanto mi gusto en ser mandada, que no comprendo mortificación mayor que la de proceder según mi iniciativa y propio impulso. Obedecer a una regla tan perfecta y sabia como la de un convento... ¡bah!, ¡gran cosa! El caso es obedecer a cada minuto a mil caprichos, genialidades y arrebatos; y esto lo hago yo dichosísima, encantada y lo haré hasta el último instante de mi vida...

Con tal expansión hablaba la doncella, que el cura se rió de buena gana, celebrando su original manera de pensar. Malvita, sin embargo, se puso gradualmente seria y triste.

-La felicidad de la mujer -exclamó, meditabunda-, en obedecer consiste, y yo no le pido a Dios sino que me permita someterme a la ajena voluntad, y no me deje nunca entregada a mí misma... Hasta tal extremo es esto verdad, señor cura, que ahora me veo en un conflicto..., y ya que se trata de consejos..., espero que usted me ilumine...

Con gesto amable, Malvita señaló un banco de piedra al párroco, y éste se sentó, teniendo en el regazo de la sotana la hoja de berza, de la cual tomaba a menudo una fresita para refrescar la boca.

-Escuchemos ese caso de conciencia -murmuró con interés.

-Lo es sin género de duda... -respondió Malvita dando señales de congoja y aflicción-. Antes de que se casase otra vez mi padre, yo cumplía, obedeciéndole a ojos cerrados. Hoy debo igual obediencia a la señora que hace veces de madre para mí, a mi madrastra, doña Javiera. ¿Es esto cierto?

-Cierto es -declaró, entre fresa y fresa, el párroco.

-Pues bien: yo no puedo cumplir mi deber. Mi padre y mi madrastra ni por milagro están de acuerdo en cosa ninguna..., y al recibir el mandato del uno recibo la inmediata contraorden del otro... Ahí tiene usted mi verdadero apuro, mi verdadera desgracia. Nací para obedecer, y el Destino me lo veda... Figúrese usted que, por ejemplo, ayer papá quiso que yo le hiciese el chocolate, porque la cocinera no se lo bate a su gusto..., y cuando me dirigía a la cocina se interpuso doña Javiera diciendo que es un desdoro para su estirpe que yo guise y sople la hornilla..., y así se quedó el chocolate hasta hoy. Mi padre gritó y atronó la casa; mi madrastra me encerró y se encerró ella, y aquí me tiene usted desobediente involuntaria, sufriendo como sufre todo el que desmiente su condición natural, y, además llena de remordimientos. Escenas parecidas ocurren sin cesar... No puedo vivir así... ¿Qué me aconseja usted, señor cura?

Arrojando el rabillo de la última fresa, el párroco tosió con majestad y, solemnemente, emitió este dictamen:

-Lo que acabas de confiarme, Malvita, demuestra que sólo hay para ti una solución, es la que antes te he recomendado: el convento... Allí no estás en peligro de desobedecer nunca. Piénsalo bien, y al convento irás a parar.

Malvita se ruborizó, como si las fresas se le hubiesen subido a las mejillas, y bajando los ojos con modestia respondió apaciblemente:

-Lo pensaré, señor cura; lo pensaré.

Pocas semanas después de este diálogo llegó a casa de Malvita Jerónimo, el hijo de primeras nupcias de doña Javiera, oficial de Caballería, en el cual su padrastro tuvo, desde luego, digno colega y competidor. Si el padre de Malvita era un escorpión, su alnado, un basilisco; si aquél asustaba a la vecindad, éste la horrorizaba; cuando estaban juntos los tres, padrastro, hijastro y madre, había que alquilar balcones como para asistir a un combate de fieras. Increíble parecía que Dios hubiese criado genios tan semejantes y tan avinagrados y venenosos.

La casa era un campo de Agramante; la existencia, un vértigo, un frenesí. Y el pueblo, con mayor motivo que nunca, compadecía a Malvita y la calificaba de mártir viéndola entre los dos leones y la tigre hircana. Contábase en voz baja que Jerónimo, el recién venido, era tirano y enemigo cruelísimo de la desdichada Malvita, llegando su ferocidad al extremo de maltratarla de obra bárbaramente. La lavandera, y el panadero, y los criados, y los mozos juraban haber visto a Malvita huir de Jerónimo que la perseguía por el jardín, sin duda con objeto de pegarle una paliza de padre y muy señor mío...

¡Júzguese del asombro, de la estupefacción que causaría en el pueblo la noticia, primero misteriosa, después pública e indudable, de la fuga de Malvita en compañía de Jerónimo, y su aparición en la ciudad más cercana, desde donde escribieron a sus padres solicitando el permiso para contraer nupcias! Aquello fue desquiciarse la bóveda celeste y hundirse sobre las cabezas de los lugareños atónitos. ¡Malvita, la mansa borrega, la obediente, la que parecía salir en andas por Corpus, como las santas de palo de la iglesia! Cuando el señor cura, que hubo de intervenir para arreglar el cotarro de la boda, manifestó a Malvita su admiración, mostrando gran severidad y enojo, Malvita, tímida y reverentemente, clavando las pupilas en tierra, con voz que parecía, por lo suave, el eco lejano de un arpa, objetó:

-Señor cura, es verdad que mi conducta parece impropia de mí... Pero usted bien sabe que no lo es... Mi conciencia lo exigía... Para cumplir mi voto de sumisión incondicional necesité sujetarme a una sola voluntad... ¡Ahora, que mande Jerónimo, que segura estoy de poder obedecerle!...

- IV -
Los huevos pasados

Parecíase la familia de don Donato López a las demás familias burguesas que gozan de la consideración pública y respetan la ley y las fórmulas en que se sustenta, como torre de hierro en postes de caña, la sociedad.

López figuraba entre la gente de sanas ideas, y no daba cuartel ni a las doctrinas disolventes, ni a la impiedad en materia religiosa. La señora de López y sus hijas frecuentaban los templos, solían contribuir para el culto y, como crecían sinceramente, sinceramente reprobaban a los incrédulos. A su padre le profesaban respeto sagrado, persuadidas de que la rectitud y la moralidad inspiraban sus enseñanzas y sus acciones, y de que era modelo de ciudadanos y de hombres de bien. Al practicar estaban ciertas de seguir el impulso de un jefe de familia cristiano. Cuando volvían de oír sermón o misa, de visitar a los pobres o de compartir las tareas de las socias del Roperito, las niñas de López se agrupaban contentas alrededor de papá, y éste, después de preguntar y aprobar, las acariciaba, chanceándose con ellas y sintiéndose, allá en su interior, muy bondadoso, muy perfecto.

Acostumbraba don Donato López desayunarse con un par de huevos pasados, y los quería siempre bien en punto, ni tan cocidos que estuviesen duros, ni tan crudos que la clara no se adhiriese, cuajada y suave, al cascarón. Sabía ya la cocinera el modo de lograr este difícil término medio, y don Donato saboreaba gustoso el desayuno sano y frugal.

Sucedió que la cocinera fue despedida por no sé qué sisas extraordinarias, y los huevos pasados comenzaron a venir ya sólidos, ya mocosos, jamás como le gustaban al señor de López. Al ver a su padre enojado y rehusando el desayuno, Enriqueta, la mayor de las niñas, compró una maquinilla de las llamadas "infiernos", que se ceban con alcohol, y haciendo hervir el agua, se dispuso a pasar los huevos ella misma, en la mesa del comedor, no sin preguntar a López cómo debía proceder para conseguir el resultado apetecido.

-Hay que rezar tres credos -contestó el padre-, y al acabar de rezarlos están los huevos perfectamente pasados, ni de menos ni de más.

Riéronse las muchachas de la receta, y la mayor exclamó:

-Pues rece usted, papá, mientras yo cuido de echarlos y sacarlos a tiempo. ¡A ver!

Don Donato López, que también se reía, por seguir la broma emprendió la tarea de recitar la oración: "Creo en Dios Padre, Todopoderoso, Creador del Cielo y la Tierra; en Jesucristo, su único Hijo..."

Y al llegar aquí, igual que si hubiese llegado el punto de darle garrote, don Donato no pudo continuar: no recordaba ni una sílaba más; un sudor de congoja le humedeció el pelo. Las frases del olvidado símbolo de la fe, aunque parecían despertarse y bullir dispersas allá en el fondo de su memoria, no acudían a su lengua torpe. Sintió que se ponía rojo, muy rojo, mientras Enriqueta, que le miraba fijamente, había dejado de reír, y palidecía, sin acertar a sostener el rabo del cacillo para que no se derramara el agua hirviente...

Y como los niños chicos carecen de prudencia, Laurita, gordinflona de nueve años, soltó la carcajada y gritó:

-¡Mamá! ¡Mamá! ¡Ven! ¡Ay, qué guasa! ¡Papá no sabe el Credo!

-Los primeros años de mi juventud -dijo el opulento capitalista que nos había ofrecido una comida indudablemente superior a las famosas de Lúculo, las cuales tenían al margen el vomitorium y la indigestión a la vuelta- los pasé en la mayor miseria, en la estrechez más angustiosa. Aquí donde ustedes me ven -y con una ojeada circular parecía indicarnos toda la riqueza que le rodeaba-, yo he saltado de martes a jueves sin tropezar en un garbanzo siquiera; yo he bostezado de hambre frente a los surtidos escaparates de las pastelerías y los bodegones; yo me he enjabonado y lavado mi camisa (única que poseía), en el rigor del invierno, en una buhardilla desmantelada que no podía pagar, y de la cual me despidieron al fin, poniéndome de patitas en la calle, en mitad de una noche de diciembre. ¡Qué tiempos, señores! Aquélla fue la pobreza negra, la edad heroica de la pobreza.

-¿Y eso duró mucho?

-Dos o tres años..., los primeros que pasé en el mundo, huérfano y desamparado de todos. Después principié a aletear... Pero ¡qué triste y aburrido aleteo! Me contaba más dichoso antes, al soplarme los dedos y hacerme una cruz sobre el estómago. Mi aleteo consistía en un puesto inferior en una gran casa de comercio, ocupación que me sublevaba y repugnaba profundamente, pues mientras hacía números o despachaba la árida correspondencia de negocios mi fantasía volaba por los espacios y mi corazón latía henchido de savia juvenil...

-¡Qué bien se explica! -dijo, quedito, la señora de Huete a su amiga la baronesa de Torre del Trueno.

-No sé qué tiene el pícaro dinero, que es capaz de volver elocuente a un guardacantón -suspiró la baronesa clavando sus angelicales ojos azules en el ricacho. Éste, sin advertirlo, prosiguió:

-Sujeto a una labor mecánica, que me producía tedio y cansancio invencible, yo pensaba allá entre mí: "¿Será éste mi destino? ¿No habré venido al mundo sino a dar vueltas y vueltas a la noria de una tarea insípida? ¿No dejaré otra señal de mi paso sino cuatro columnas de cifras, o el acuse de recibo de una partida de arroz y cacao? A lo menos en aquella buhardilla de marras podía esperar las compensaciones del porvenir; al paso que ahora veo claramente el camino que me trazan, y es tan trillado, tan mezquino, tan estrecho, que sólo pensar que he de recorrerlo hasta el último instante de mi vida me enloquece de rabia. A toda costa es preciso que yo salga del pantano de esta rutina y realice algo extraordinario y singular, algo que me eleve por cima de los demás mortales, que lleve en triunfo mi nombre a las generaciones futuras, que me sirva de pedestal y de aureola... Si para conseguirlo es menester volver a la miseria, a la miseria volveremos; si a la buhardilla, a la buhardilla; si hay que ir a la muerte, iremos a la muerte."

Con tanta exaltación se expresaba el millonario que las señoras le miraron conmovidas, y los hombres, entre chanzas y veras, le interpelaron:

-¿Según eso..., a lo que aspiraba usted entonces no era a la brillantísima posición que ha conseguido..., sino a otra cosa?... ¿A otra cosa..., vamos, de otro orden... del orden...?

-Del orden espiritual, poético y vano -declaró terminantemente el hombre de oro-. Sí, de ese pie cojeaba yo... Ni se me pasaba por las mientes nada real y positivo. Yo soñaba -no sucesivamente, sino a un tiempo -con inspirar una pasión frenética, o con sentirla; con lances y aventuras muy dramáticas, y peligros y enredos dignos de una novela; con ser un artista célebre, un escritor de fama universal, un guerrero victorioso, un gobernante excelso, un héroe y hasta un mártir, de ésos que vierten su sangre en un transporte de entusiasmo y no trocarían su suerte, al sucumbir, ni por la del más venturoso...

-¿Todo eso deseaba usted? -preguntó con ironía el periodista Anzuelo, reputado por sus mordaces agudezas-. ¡Cómo se varía al correr de los años!

-Ya verá usted -respondió el millonario con sorna- que no fueron los años los que me variaron a mí. ¡Los años! ¿A que usted, por más viejo que llegue a ser, no pierde sus mañitas y la costumbre de soltar pullas para que se rían los bobos? Genio y figura, amigo Anzuelo... Volviendo a mi historia, sepan ustedes que aquellos sueños y ansias se apoderaron de mí con tal fuerza, que acabaron por quebrantar mi salud. Empezó a consumirme una especie de fiebre hética; mi cuerpo se agostaba como la hierba cuando la cortan, y en mi espíritu sentía tal abatimiento (unido a cierto sombrío frenesí) que se me puso entre ceja y ceja un proyecto de suicidio, un fúnebre anhelo de muerte. Nada, lo mejor era suprimirse, desaparecer del indigno y miserable mundo. ¡Sólo había una dificultad! Y es que eso de morir no sé qué tiene que hasta a los más desesperados les hace cosquillas. La prueba es que todo hombre nacido de mujer piensa alguna vez en el suicidio, y son contadísimos, insignificante minoría, los que lo ponen por obra. Mientras alimentaba yo tan fatales propósitos, comprendía su horror, y deseaba vivamente que semejante manía se me quitase de la cabeza. Con este deseo, se me ocurrió que cualquiera enfermedad del alma puede curarse desde afuera, al través del cuerpo; y habiendo oído hablar de un célebre médico cuya especialidad eran las afecciones del cerebro, me decidí a consultarle. Recibióme el doctor con agrado y esa afabilidad seria de los que se encuentran en su terreno; me crucificó a preguntas sobre el origen de mi mal, sus síntomas y caracteres; y ya bien enterado, me reconoció, primero con reiterados golpecitos de los nudillos, parecidos a los que se usan en las auscultaciones, después con la percusión ligera y repetida de un martillito de marfil; hecho lo cual sonrió, complacido, y me dijo en tono y acento animadores: "No hay cuidado. Eso va a desaparecer inmediatamente por medio de una operación algo molesta, pero sin consecuencias temibles."

"¿Y qué es eso que va a desaparecer?", exclamé un tanto alarmado. "Lo que causa los desórdenes de que usted se queja. ¿Quiere usted que ahora mismo...?" "Sea", murmuré, resignado de antemano al dolor. "¿Le aplico el cloroformo?" "¡No, no!... ¡Tengo valor bastante!" Armóse el médico de un sutil berbiquí, me lo apoyó en la sien, y, poco a poco, vuelta tras vuelta, fue hincándolo y haciéndolo penetrar hasta la misma sustancia de mi cerebro. Aunque me dolía horriblemente, y no estaba yo para observar, noté, en el espejo que frente a mí tenía, que de mi cabeza iba alzándose algo parecido a una columnita de humo, suave, azulado, dorada a trechos, que ondulaba dulcemente y acababa por disiparse... "¡Qué humareda tenía yo ahí!...", suspiré así que el doctor, retirando el instrumento, me aplicó una venda empapada en un líquido que había de curar el taladro. "Es lo que, generalmente contienen los cerebros al hacerles esta operación delicada - declaró él, despidiéndome afectuosamente en la puerta-. Humo o aire... A veces también encierran aserrín; pero entonces renunciamos a operar. ¿Para qué?"

Calló un momento el millonario, satisfecho de la impresión que nos causaba su fantástica y embustera historia.

-¿Y sanó usted y vivió después de esa barbaridad que le hicieron? - preguntó, aturdidamente, la baronesita.

-Ya lo ve usted, señora... Aquí estoy, a sus pies, y vivo aún... No solamente sané, sino que empecé a prosperar...; al principio, modestamente; después, aprisa; luego, en volandas... Debió de consistir en que los negocios, que me parecían tan antipáticos, se me hicieron atractivos y gratos apenas se me quitó, con la salida del humo, aquel desvarío de las pasiones, los heroísmos, las celebridades y las victorias; y como me apegué al trabajo y me encariñé con la realidad, la realidad vino a mí con los brazos abiertos, la fortuna me miró transportada y el capital, el esquivo capital, se precipitó en mis arcas como el río por su cauce... Y pude hacer infinitas cosas que me parecen difíciles, y conseguir algunas de las que apetecía en otro tiempo, ¡porque el capital es fuerza, y la fuerza es la ley del mundo!

Al hablar así, fue tan oronda y esponjada, tan radiante la sonrisa del millonario, que los concurrentes sufrieron íntima mortificación en su amor propio, y Anzuelo, siempre irónico, formuló esta pregunta:

-¿Le dijo a usted el médico cómo se llamaba aquella columnita de humo que le quitaba a usted de la cabeza?

-No por cierto -contestó, receloso, el potentado.

-Pues yo lo sé... Se llama "el ideal".

Y el ricachón, que no siempre era todo lo cortés y correcto que debe ser el que otorga hospitalidad, se llegó al periodista, le golpeó suavemente la cabeza y dijo, guiñando un ojo a las señoras:

-Estaba seguro... Si el doctor le reconoce a usted..., no intenta operarle.

Los tres que nos encontrábamos reunidos en el saloncito de confianza del Casino de la Amistad nos habíamos propuesto aquella tarde arreglar el Código y reformar la legislación penal con arreglo a nuestro personal criterio. Lo malo era que ni con ser tan pocos estábamos conformes. Al contrario, teníamos cada cual su opinión, inconciliable con los restantes, por lo cual la disputa amenazaba durar hasta la consumación de los siglos.

Tratábase de un juicio por Jurado, en que una parricida había sido absuelta; así como suena, absuelta libremente, echada a pasearse por el mundo "con las manos teñidas en sangre de su esposo", exclamaba el joven letrado Arturito Cáñamo, alias Siete Patíbulos, el acérrimo partidario y apologista de la pena de muerte bajo todas sus formas y aspectos. La indignación del abogado contrastaba con la escéptica indulgencia de Mauro Pareja, solterón benévolo por egoísmo, que todo lo encontraba natural y a todo le buscaba alguna explicación benigna, hasta a las enormidades mayores.

-Sabe Dios -decía Mauro- las jugarretas que ese esposo le haría en vida a su amable esposa... Los hay más brutos que un cerrojo, créalo usted y más malos que la quina, y el santo de los santos pierde la llave de la paciencia, agarra lo primero que encuentra por delante, y izas! Entre matrimonios indisolubles existe a lo mejor eso que puede llamarse "odio de compañeros de grilletes"... El jurado habrá visto muchas atenuantes, cuando absolvió a la mujer.

-Perfectamente -refunfuñaba Cáñamo, cuyo bigotillo temblaba de biliosa cólera-. Ya sabemos lo que son jurados. En tocando la cuerda de la sensibilidad, capaces de echar a la calle al mismísimo Sacamantecas. A ese paso, la seguridad, la vida de los ciudadanos llegará a depender del capricho de unos cuantos ignorantes, que ni han saludado el Código. Ahí tiene usted las consecuencias funestas..., ¡sí, funestas, no me desdigo!, de las lecturas perniciosas, de las nocivas teorías de mosié Lucas...

Este mosié Lucas es un abolicionista anterior al año 30, y de quien no se acuerda nadie en el mundo sino Arturo Cáñamo, para impugnarle una vez por semana en el casino de Marineda.

-Pero hombre -arguyó Pareja- ¿usted cree que los jurados han leído a ese mosié ni nada? Y los magistrados tampoco, si usted me apura... Para leer estaban ellos... Lo que hay es que a veces..., ¡qué demonio!, los que parecen crímenes no son, bien miradas las circunstancias, sino delitos..., y yo, jurado, probablemente absuelvo también a la infeliz.

-Usted, jurado, desorganizaría la sociedad más aún de lo que está...

-Pues Dios nos libre de usted, magistrado, que es capaz de ahorcar al nuncio...

-Y tanto como le ahorcaría, si el nuncio delinque...

Cuando la gresca llegaba a enzarzarse mucho, yo intervenía prudentemente para templar los ánimos, adoptando la estrategia de dar la razón a todos, con lo cual lograba no dejar contento a ninguno.

-Señores, eso de que una mujer escabeche a su marido, y el Tribunal la mande a la calle, fuertecito es. Con algunos años de presidio...

-¡Presidio! -gritaba Cáñamo-. ¡La casi impunidad! ¡Un fantasma de vindicta pública! ¡Hipocresía y desmoralización!

-¡Presidio!... -exclamaba Mauro-. Cuando regularmente quien merecía el presidio sería el difunto.

Y ande la marimorena.

Mientras ellos se peleaban, me asaltó con lúcida precisión un recuerdo. "A ver si los pongo en apuro y doy nueva dirección a sus ideas", pensé, mientras humedecía un terrón de azúcar en kummel y lo chupaba con golosina.

-¿No les parece a ustedes -pregunté en alta voz- que por muy lista que supongamos a la Policía y muy rigurosos y sagaces que sean los jueces, siempre habrá más crímenes impunes que descubiertos y castigados? ¿No les parece también que existe un orden de crímenes que no puede estimar como tales la ley, y, sin embargo, revelan en su autor más perversidad, más ausencia de sentido moral que ninguna de las acciones penadas por el Código?

Arturito me miró con los ojos blanquecinos y turbios, que parecían los de un pez cocido acabado de salir de la besuguera; Pareja sonrió como si medio entendiese.

-¿Quieren un ejemplo? -añadí-. Pues se lo voy a dar, refiriéndoles un caso que presencié años hace.

Arturito dijo "que sí" con la cabeza; el sibarita de Mauro encendió un puro con sortija, y yo principié:

-Era un invierno de ésos de prueba que saltan a veces en Madrid. Nunca he visto días de sol más claro y brillante, ni cielo azul más limpio; aquello era un trozo de raso turquí: de noche, las estrellas resplandecían lo mismo que diamantes; hacía una luna soberbia; todo hermoso, pero con un frío... vamos, un frío de los que cuajan la sangre y hielan en el aire las palabras. Por la mañana perdía uno lo menos hora y media deliberando si echaría o no la pierna fuera, intimidado ante la perspectiva del cuarto de la posada, en cuya atmósfera ya no quedaban ni rastros del braserito de la víspera; con el terror al lavatorio en agua casi sólida; a la inevitable salida a la nevera de los pasillos o al comedor, donde tampoco reinaría la más dulce temperatura...; y a veces acababa uno por seguir los malos consejos de la pereza, dar al diablo el hato y el garabato, y quedarse entre sábanas, en el cariñoso nido del hoyo del colchón, leyendo algún libro, sin sacar fuera más que la punta de

los dedos, porque la mano entera se volvería sorbete.

Sólo que esta debilidad de pasarse la mañanita en las ociosas plumas se pagaba cara después. Como al fin y al cabo no había más remedio que levantarse, lo realizábamos a mediodía, y no lográbamos ya entrar en reacción. El aseo se hacía de mala gana y de un modo incompleto: salía uno a la calle forrado en cobre, con el gabán ruso que aquel año principió a llevarse, y al sentar el pie en el umbral, al recibir el primer latigazo sutil de un cierzo afilado como navaja barbera, se le encogía el espíritu, se le ponía carne de gallina, se le secaban los labios igual que al contacto de un hierro candente, y no tenía fuerzas sino para sepultarse en un café, aguardando la hora de volverse a casa, para arrimar las narices al vaho caliente del cocido. Salida de una atmósfera viciada a la Siberia: romadizo, trancazo o bronquitis segura...

Ya verán ustedes, ya verán cómo esto del frío tiene mucho que ver con lo del crimen. Si no les hago a ustedes persuadirse de la inclemencia del invierno aquel, que ha dejado memoria, no comprenderían el alcance de lo que sigue. Conque tengan cachaza.

-Bueno; ya nos hemos convencido de que hacía mucho frío...; pero ¡muchísimo! -exclamó Pareja-. Venga la historia.

-A eso vamos inmediatamente... -respondí con firme propósito de no suprimir ni un toque de mi "efecto de país nevado"-. Ya se figurarán ustedes que, dada la temperatura boreal que sufríamos, no faltarían nieves. Las primeras vinieron hacia Nochebuena; pero a mediados de enero arreciaron en tales términos, que los puertos se cerraron completamente, y como entonces no se había terminado la línea férrea, estuve más de diez días incomunicado con mi familia y mi país. En cambio tuve el gusto de ver a Madrid muy pintoresco; sobre todo, los paseos, como si los hubiesen espolvoreado de azúcar molida, a ciertas horas del día; a otras, como si los árboles se hubiesen vuelto de cristal, cristal claro y purísimo. La nevada tuvo también para mí la ventaja higiénica de arrancarme a mis perezosas costumbres y obligarme a saltar de la cama a primera hora, con objeto de ver hoy los reyes de la plaza de Oriente con barbas blancas y flecos y encajes de hielo en los tahalíes y en los mantos; mañana, la bonita fuente de la Red de San Luis toda cuajada de estalactitas; al otro día la de Antón Martín convertida en garapiñera.

-Y a todo esto, ¿el crimen? -preguntó Pareja socarronamente.

-Ya voy... ¡He dicho que los preámbulos son indispensables! La nieve tiene mucho que ver con el crimen. Sepan ustedes que más que las fuentes y las estatuas me cautivó el espectáculo del Retiro. ¡Aquello sí que merecía la madrugona! Los árboles de hoja perenne, sobre todo los pinos, eran pirámides blancas salpicadas de polvo de diamante; los que se hallaban despojados de hojas tenían, sobre la pureza de la atmósfera, un brillo raro; parecían de vidrio hilado de Venecia... No íbamos sólo por gozar este espectáculo bonito y grandioso a la vez; lo que más nos atraía era ver patinar en el estanque, el cual, enteramente congelado, asemejaba inmensa placa de vidrio verdoso.

Aquí me detuve un instante, mojé otro terrón en la copa de kummel, lo saboreé y, viendo impaciente al auditorio, proseguí sin entretenerme ya en tantas menudencias:

-No estaba por entonces tan extendida como ahora la costumbre de patinar, y no siempre había valientes que se prestasen a calzarse los patines y a describir curvas sobre la superficie lisa. Apenas se ablandaba unas miajas la atmósfera, el temor de que se hubiese adelgazado o resquebrajado la capa de hielo retraía a los aficionados a ese género de sport, impropio de nuestros climas, y los mirones nos quedábamos chasqueados, contemplándonos los unos a los otros por vía de compensación.

Sin embargo, a uno de los susodichos mirones se le ocurrió una idea sumamente divertida, que podía ayudar a pasar el tiempo mientras no llegaban los patinadores formales. Sacaba del bolsillo calderilla y la arrojaba a granel a la superficie del estanque, lo más desparramada y lo más lejos posible. Inmediatamente, una horda de pilluelos se precipitaba a recoger las monedas, y teníamos una sesión grotesca de patinaje, de lo más cómico que ustedes pueden imaginar. Las culadas y las hocicadas de los chicos en el hielo las coreábamos desde la orilla con risas inextinguibles, agudeza y aplausos. De aquellos improvisados patinadorcillos, la mayor parte no llegaban a pescar los cuartos; pero algunos iban adquiriendo singular destreza para evitar resbalones, y sacaban buena cosecha de "perros" grandes y chicos.

Una mañana de ésas de muchísimo bajo cero (porque los grados justos no los sé, y más quiero dejar dudoso el punto que dar una cifra equivocada), estábamos cebados varios curiosos en la diversión de lanzar las monedas, y se deslizaban en pos de ellas más de veinte granujas, cuando de pronto se alza un rumor comprimido, uno de esos murmullos hondos de la multitud que, sobrecogida ante la inmensidad de una desdicha, no tiene fuerza ni para gritar... Algunos espectadores preguntaban, se empujaban y no comprendían; pero yo ni preguntar necesité, porque "había visto": había visto romperse la helada superficie, como se estrella la luna de un espejo colosal, y desaparecer por la boca recién abierta a dos de los gurriatos que recogían calderilla... La multitud, lo repito, no gritó: ¿a qué había de gritar en balde? Allí era inútil pedir socorro, y segura la muerte de los dos infelices chicos, sobrecogidos por el frío mortal del agua, sujetos por una losa de plomo transparente a su líquida tumba... Ni un rumor, ni un eco, ni un quejido venían de la sima que acababa de tragarse a los muchachos...

De repente se destaca de entre la multitud un hombre, un mozo como de unos veinte años de edad, delgadillo, pálido, resuelto; sin falso pudor se quita la chaqueta y el chaleco, se desabrocha los pantalones... Cobardes, aplastados por la grandeza de la acción, transidos al verle desnudarse en aquella atmósfera glacial, le dejamos hacer...

La verdad es que todo ello fue, como suele decirse, ni visto ni oído. Aún no estábamos convencidos de que se arrojaría, cuando se arrojó, mejor dicho, se enhebró por la rotura del hielo. Pasaron dos minutos, pasaron tres... o, quizá, no fuesen minutos, sino segundos, que a nosotros nos parecían horas... y por la grieta ensanchada ya de degolladoras márgenes, salió un brazo, otro brazo, un grupo informe... Era el salvador..., con las dos criaturas.

-¿Vivas? -preguntaron a la vez Cáñamo y Pareja.

-Viva una y la otra... tiesa ya; no fue posible reanimarla. De todos modos entonces sí que gritamos: "¡Bravo! ¡Ole tu madre! ¡Llevarle en triunfo!"

-Un beso le quiero dar -exclamaba una mujer del pueblo, ronca, trémula de alegría y de entusiasmo.

El pobre y aclamado salvador, morado, chorreando, tiritaba y temblaba al sol con las ropas interiores pegadas a las carnes.

-¿Quieren ustedes pasarme mi pantalón? -fueron sus primeras palabras, dictadas no sé si por el frío o, más bien, por la vergüenza de verse así, medio en cueros y abrazado por la chusma. Buscamos el pantalón... Él sabía dónde lo había dejado... Pero ¡buen pantalón te dé Dios! Ni chaqueta, ni chaleco con el reloj y los cuartos... Mientras él salvaba al niño, un ratero le escamoteaba su ropa.

Callé para apreciar el efecto de mi narración, y Arturito Cáñamo me miró atónito, abriendo más y más sus blancuzcas pupilas.

-¿Y dónde está el crimen? -preguntó al fin-. Porque yo ahí veo una acción humanitaria, digna de una recompensa del Gobierno.

-¿Cuál? -preguntó con sorna Pareja-. ¿La de robar los pantalones al salvador del niño?

-¡Ah! ¿Hablaba usted de eso? -interrogó el abogado-. Como decía usted que un crimen..., y ése no pasa de un delito penado por el Código con unos meses de arresto, pues ni hay nocturnidad, ni escalamiento, ni fractura, ni ninguna de las agravantes...

CUENTO INMORAL

-La oportunidad y la resolución -decíame aquel terrible doctor en filosofía práctica- han sido siempre cualidades distintas de los hombres cuyos hechos resaltan sobre el tejido de la Historia. Quien pierde un instante, todo lo pierde. Sé cierto maravilloso sucedido, y lo referiré para comprobar de lleno esta verdad, tan grande como olvidada.

Un mozo de ilustre progenie y refinadísima educación, pero enteramente arruinado por las locuras de sus padres, ocultaba su miseria entre el bullicio de la populosa ciudad. Careciendo de ropa decente, salía al oscurecer y se deslizaba avergonzado, pegado a las casas, procurando que no le reconociesen los que en otro tiempo eran amigos de su familia. Veía pasar trenes suntuosos, caballos de raza regidos por hábiles jinetes, gente regocijada y vestida de gala; oía salir de los cafés, de las fondas y de los círculos torrentes de luz, choques de cristal y carcajadas locas; deteníale la ola de la multitud al entrar en los teatros; y a veces le sorprendía el soplo glacial de la madrugada atisbando a la puerta de palacios donde se celebraban saraos espléndidos, y le encendía el corazón la silueta de las mujeres que, descubierto el dorado moño y subido hasta la barba el cuello del abrigo forrado de cisne, apoyaban ligeramente su diminuto pie calzado de raso en el estribo del coche.

¡Qué sufrimiento tener que desviarse del farol para ocultar el sombrero grasiento y la raída capa, las botas torcidas y la camisa negruzca!

En tan críticas situaciones, cualquiera que sea la cultura moral del individuo, creed que surge en el alma una protesta enérgica y ardentísima contra la injusticia de la suerte. Tratadistas hay que aseguran que todo hombre nace "propietario" y "ladrón"; pero esta desolladora observación clínica de la naturaleza humana es más verdadera que nunca si se aplica al individuo que se crió rodeado de bienestar, y a quien ese bienestar impuso necesidades incompatibles con la estrechez.

De carácter recto y sentimientos delicados; empapado en las nociones del honor y de la probidad, mi héroe -a quien llamaré Desiderio- notó con sonrojo que la codicia, furiosamente, se despertaba en su alma, y que al pasar por delante de las tiendas de los cambistas, sin querer calculaba los goces que representarían para él aquellos montones de oro y plata, y aquellos billetes de Banco sembrados a granel en el escaparate. Pensamientos que le afrentaban; ansias que se apresuraba a rechazar con ira; vergonzosas sugestiones; instintos brutales de apropiación violenta y súbita le perseguían sin tregua, y en la deshecha borrasca de su espíritu ya se veía perdiendo lo único que le restaba de la dignidad de su originaria condición social: el honor vidrioso y exaltado; y además perdiéndolo sin fruto, sin ventaja alguna, pues mientras prevaricaba su imaginación, continuaba envuelto en la capa raída y arrastrando por las calles las innobles y tuertas botas.

Una noche, mientras Desiderio daba vueltas en el camastro esperando vanamente el sueño porque le desvelaba el estómago vacío, el cuartucho se iluminó con sulfúrea luz, y a la cabecera del pobrete se apareció el diablo... o, por mejor decir, "su" diablo; lo que para Desiderio era realmente el espíritu maligno -llámese Satanás o Eblis-; el Mal que en aquel instante actuaba sobre el alma de aquel hombre. El ángel rebelde sonreía, y trazando un círculo en el aire con su dedo índice, incluida en el círculo y llenándolo por completo se dibujó instantáneamente una gigantesca, relevada, amarilla y fulgentísima onza de oro.

-¿Quieres poseer, quieres gozar? -preguntó el tentador a Desiderio.

-¿No lo sabes? -respondió el mozo afanosamente.

-Pues escucha. Hace cinco siglos, yo te haría firmar con tu sangre un pacto donde declarases que me vendías tu alma por los bienes de la tierra. Hoy todo ha progresado, hasta la fórmula de los pactos diabólicos. ¿A qué comprar almas que ya se entregan? El contrato es libre, eres dueño de romperlo a cada instante. Quedas en posesión de tu albedrío; puedes sacudir mi yugo con sólo resignarte a eterno trabajo y a perpetua miseria. En cambio yo te ofrezco el medio de saciar tus apetitos. Cuando al pasar por sitios donde ruede el oro y se ostenten las riquezas quieras tender la mano y apropiártelas, serás "invisible"; los poseedores notarán que "han sido robados", pero se volverán locos sin sospechar ni averiguar "por quién". Como soy leal y no engaño nunca, digan lo que digan los necios, te añadiré que habrá un momento -no puedo advertirte cuál-, en que perderás el privilegio, y podrán cogerte in fraganti y con las manos en la masa. Ese momento será muy corto: llamémosle "la hora de Dios"; en cambio, "los años del demonio", si los aprovechas, te habrán permitido vencer en opulencia a los nababs y a los rajás de la India. Sé diestro, decidido y cauto, y el porvenir te pertenece.

Apagóse la luz; borróse el relieve de la gigantesca onza, y Desiderio, aturdido, dudando si la calentura de la debilidad era la que le obligaba a soñar disparates, vio amanecer y se levantó febril. Apenas se echó a la calle volvieron a atormentarle las palabras del Maldito. Es decir, que con un impulso de la voluntad, con sólo transformar el acto en deseo, podía inmediatamente satisfacer sus antojos, apurar las alegrías de la vida.

-Precisamente pasaba entonces por delante de la joyería, en cuyo escaparate chispeaba una riviére de chatones gordos como avellanas. Si se apoderaba de ella, el botín representaba una fortuna. Pero ante todo, en realidad, ¿no podrían verle cuando echase mano a la joya? Era preciso saber si mentía el diablo, si había querido sencillamente burlarse de un infeliz.

Entró Desiderio en la tienda, y notó con asombro que los dependientes no dieron la menor señal de haberle visto, ni se movieron de su sitio, ni levantaron la cabeza al ruido de sus pasos. Desiderio avanzó, acercóse al escaparate, descorrió el pasador de la vidriera, alargó la diestra, tomó el estuche... Los dependientes, como si tal cosa.

No cabía duda, no le veían; estaban cegados por mágico poder. Ni se les ocurría que un hombre andaba por allí, dueño de las preciosidades que juzgaban resguardadas por el vidrio. Desiderio sentía bajo sus dedos los brillantes, comprendiendo que podía llevárselos impunemente. De pronto los soltó, exhaló una especie de gemido... Le parecía que las soberbias piedras le abrasaban las yemas de los dedos.

Desde aquel minuto vagó como alma en pena y sufrió como un condenado, probando todas las amarguras del delito sin recoger su precio. Los principios mamados con la leche, espectros de un pasado de caballeresca altivez y de inmaculada honra, se aparecían, le paralizaban. Hamlet de la codicia, como el otro fue de la venganza, asesinábale la indecisión, y habiendo perdido su estimación propia al notar la continua tendencia de su voluntad hacia el atentado, no granjeaba los apetecidos bienes, porque se los impedían vallas invisibles, telarañas morales interpuestas entre el propósito y su realización. Y así pasaban días y días, y Desiderio continuaba acongojado, perplejo, famélico, haraposo, miserable, triste, envidiando y no poseyendo..., y al paso que con la imaginación pecaba a cada minuto, con las manos no se hubiese resuelto a tomar ni un alfiler, ni un confite, ni una flor...

Sin embargo, un día en que no había comido nada, en que la vista se le nublaba y las piernas le temblaban negándose a sostener el cuerpo, Desiderio, ante el escaparate de una pastelería, sucumbió por fin. Entró, tendió la mano, asió una morcilla reluciente y olorosa, le hincó el diente con rabia... Y al punto mismo tuvo la sensación de que aquél era el momento crítico, el fatal momento en que le verían y le echarían el guante y pasearían por las calles atado codo con codo, entre befa y escarnio...

Y así fue. De improviso los pasteleros vieron al raterillo, se lanzaron sobre él, y hartándole de bofetadas y mojicones le entregaron a la Policía.

Aquella noche durmió en la cárcel.

La moraleja del cuento -añadió el filósofo- es que la ocasión la pintan calva, y que no conviene pecar a medias.

-Creo -respondí con brío- que, a pesar de esa moraleja de bronce y acíbar, ni en el mundo físico ni en el moral se pierde un átomo de fuerza y de energía, y la larga y valerosa resistencia de Desiderio a las malas sugestiones ya se habrá cristalizado en alguna forma bella.

La gente rutinaria que piensa por patrón, medida y compás, suele imaginarse a los Papas como a unos hombres abstraídos, formalotes, serios, encorvados y agobiados, a manera de cariátides bajo el peso de la Cristiandad entera que gravita sobre sus espaldas; hombres, en fin, que se pasan la vida en la actitud hierática de sus retratos, juntando las palmas para orar o extendiendo la diestra para bendecir. Y la verdad es que los Papas, cuya virtud, de puro grande, presenta caracteres infantiles, son personas de festivo humor, de angelical alegría, de ingenio salado, que gustan de ejercitar en la intimidad, y no por acercarse a santos se creen obligados a mantenerse rígidos y tiesos, lo mismo que si se hubiesen tragado un molinillo, ni a estarse con la boca abierta para que se les cuelen dentro las moscas.

Los Papas ven, ¡y desde una legua!; sienten crecer la hierba, ¡y con qué finura!; lo observan todo, ¡con cuánta penetración!, y se ríen, ¡con qué humana y discreta risa!

¿Y por qué no se habían de reír?, pregunto yo. En verdad os digo, hermanos, que la seriedad y la formalidad sistemáticas son condiciones distintivas del borrico. Se dan casos de que asomen lágrimas a los ojos de los irracionales; nunca se ha visto que la luz de la risa alumbre su faz cerrada e inmóvil. La risa es la razón, la risa es el alma.

No creáis, sin embargo, que el reír papal se parece a esa carcajada descompuesta, bárbara y convulsiva, que se manifiesta en grotescas gesticulaciones, obligando a apretarse con las manos el hipocondrio, a descuadernarse las costillas y a desencajarse las mandíbulas. La risa de los Papas apenas rebasa algún tanto los límites de la sonrisa; pero notad que la sonrisa propiamente dicha suele ser melancólica; y desde que se convierte en risa, o manifiesta únicamente el contento o la fina sal de la malicia observadora.

La melancolía tiene un dejo de amargura, misantropía, aburrimiento y pesimismo. Y como los Papas, rodeados de tanto amor, asistidos por el espíritu de caridad, no son nunca amargos ni misántropos, y los cercan demasiadas ocupaciones para que les sobre tiempo de aburrirse, de ahí que no conozcan la melancolía, ese infecundo amargor psíquico, destilado en nosotros por la doble hiel de nuestro hígado y de nuestras decepciones. Como, por otra parte los Papas son gente de talento, de altísima posición, conocedores de la sociedad, depósito y arca de experiencia, su templada risa encierra la suma filosofía de la vida mundanal.

Estas observaciones referentes a los Papas me las sugiere la anécdota que voy a referir, y que cuenta ya bastantes años de fecha, pues no ocurrió en el actual Pontificado, sino en otro, cuando la soberanía pontificia se encontraba en todo su auge y esplendor.

El excelentísimo señor don Inocencio Pavón, nacido en Asturias y recriado en Madrid, a la sombra de las alas de un conspicuo personaje moderado, había obtenido, después de varios tumbos por el mundo oficinesco y oficial español y mediante influencias y gestiones que no nos importan un bledo, asumir en la Corte pontificia la representación de tres o cuatro repúblicas hispanoamericanas de las más chicas y pobres, y de las más nacientes e informes en aquel período.

Con esto, el señor Pavón se tenía por tan embajador como el más pintado. Y no le hablasen a él de que ningún hombre nacido le ganase la palma en embajadear. A los individuos del cuerpo consular los miraba desdeñoso y compadecido, y aspiraba a no tratarse, a no alternar ni cruzar palabra sino con los plenipotenciarios de las grandes potencias. Desgraciadamente, estos señores gastaban unos hombros tan altos, una cara tan seria y acartonada, unas patillas tan dignas y simétricas, unos bigotes tan peinados y correctos y una mirada tan distraída, que era cosa de jurar que ni veían al resto de la Humanidad que no desempeña Embajadas.

La tiesura del embajador británico; la aristocrática impertinencia del austríaco; las formas confianzudas pero protectoras y humillantes del español; la desembozada grosería del francés, teníalas nuestro Pavón sentadas en la boca del estómago, y no había cataplasma que se las quitase. Al mismo tiempo las estudiaba como se estudia un arte para aplicar a los inferiores, cuando le tocaba su vez, tantos modos de desdeñar y de darse tono diplomáticamente.

Había que ver a Pavón cuando, revestido de un uniforme de capricho, elegido entre varios modelos, a cual más bordado y recamado, asistía a las recepciones en la logia vaticana, o acudía a las privadas audiencias que a cada triquitraque acostumbraba demandar al Pontífice. No le faltaban nunca pretextos para dar jaqueca al Papa. Como las republiquitas que representaba Pavón estaban en vías de constituirse, y siempre andaban engarfiadas por asunto de límites, fronteras y territorios, sucedía que hoy, verbigracia, acudiese Pavón a exponer las quejas de una república, y mañana a esforzar argumentos contrarios en favor de su rival. Todo ejecutado con la imparcialidad más estricta y la solemnidad más profunda, sin que el Papa se diese nunca por entendido de que Pavón le estaba diciendo y rogando lo contrario de lo que la víspera le dijera y rogara.

También solía Pavón llevar a la Cámara pontificia cuestiones de fuero y organización eclesiástica, distribución de parroquias, provisión de sedes episcopales y otras del mismo jaez.

Para semejantes casos tenía Pavón estudiadas y aprendidas al dedillo ciertas fórmulas oratorias y muy sonoras e imponentes, como si de legua arriba o legua abajo de un obispado in pártibus, o de una parroquia más o menos en el valle de Pachacamac, dependiese la solución de algún conflicto internacional muy peliagudo, o la salvación del orbe cristiano.

-Reclamo toda la atención de Su Santidad y la del señor cardenal secretario de Estado acerca de este punto arduo y delicadísimo... El problema que me trae a vuestros pies, Padre Santísimo, es de aquéllos que sólo una prudencia exquisita resuelve de un modo satisfactorio... Hoy nos toca dilucidar materias altamente importantes...

Etcétera, etcétera.

A cada uno de estos delicadísimos asuntos que arreglaba diciendo por fin amén, y accediendo completamente a las indicaciones del Vicario de Cristo, Pavón que ya poseía todas las cruces españolas, era agraciado con alguna orden o condecoración pontificia. Sin embargo, como el número de éstas no es infinito, fueron agotándose, y finalmente, se concluyeron. Al presentarse una ocasión nueva de recompensar los servicios, el celo y la diplomacia de Pavón, el cardenal secretario de Estado hubo de preguntar al Papa:

-Santidad, yo no sé qué vamos a ofrecer a este benedetto Pavón, porque él se eterniza en su puesto. Lleva en Roma cinco años, y no le falta ninguna distinción, cruz o cinta. Padre Santo, ¿qué le daríamos?

-Queda de mi cuenta. Yo discurriré lo que se le ha de dar -contestó tranquilamente el Sumo Pontífice.

En efecto: la primera vez que se apareció Pavón por el Vaticano a presentar sus respetos al Papa, éste, llamándole con afectuosa familiaridad al hueco de una inmensa ventana que domina los Jardines deliciosos donde hoy León XIII tiende redes a los pájaros, sacó del bolsillo una cajita, y de la cajita preciosa tabaquera de oro. Ligero círculo de brillantes rodeaba la tapa, haciendo resaltar el primoroso esmalte de la miniatura en que sonreía la cara bondadosa y plácida del Pontífice.

El Papa estaba lo que se dice hablando. Las perfectas facciones de su rostro, pintiparadas para una medalla; su frente nítida, que destellaba inteligencia; los mechones argentados del cabello, escapándose de la suave presión del solideo blanco, los ojos reidores, benévolos, con su toquecillo malicioso allá en el fondo de las niñas; hasta los armiños y el terciopelo rojo de la muceta, todo resaltaba en la obra de arte. La cual, aparte de valer un tesoro por su mérito intrínseco, suponía como regalo la más cortés y exquisita atención, porque nada agradaba tanto a Su Santidad como absorber una pulgarada de tabaco fino, y se refería que en cierta ocasión, habiendo ofrecido un polvo de rapé a un cardenal, y contestándole éste que "no tenía semejante vicio", el Papa hubo de replicar:

-¡Ah!, el tabaco no es vicio, que si fuese vicio, lo tendríais.

¿Qué mayor obsequio de parte del Papa que una tabaquera? Pavón se confundió y deshizo en expresiones de gratitud, y en protestas de su indignidad para merecer favor semejante.

Al otro día, el Papa preguntó al cardenal secretario:

-¿Qué tal nuestro Pavón? Supongo que no estará descontento.

-¡Descontento! ¡Ah, "Santità"! ¿Cómo descontento? ¡Pues si está loco, trastornado; si no sabe lo que le pasa! De tal manera le ha sorbido el seso y aturrullado la nueva distinción, que ha llegado al extremo...

-¿De qué?

-De preguntarme... Adivine Su Santidad lo que me habrá preguntado.

-¿Para qué sirve la tabaquera?

-Mucho más, mucho más... ¡De qué color es la cinta!

-La cinta... ¿para colgarla?

-Justo.

Más luminosa y jovial que nunca retozó la sonrisa del Papa sobre sus correctas facciones, prestando brillo singular a sus claros y áureos ojos.

-¡La cinta para colgarla! -repitió-. Dio! E molto semplice! No había más que responderle...: "color de tabaco".

El secretario de Estado, sin poderse reprimir, lanzó una carcajada suave y melodiosa, que brotó de entre sus blancos dientes como el agua de una fontana de mármol antiguo.

Tampoco el cardenal secretario era capaz de reírse con espasmos brutales ni más ni menos que un gañán, y su fina risa armonizaba bien con su tipo prelacial, pulcro y elegante, su sotana divinamente cortada y airosamente ceñida por la faja de seda roja, su pie largo y calzado al primor, su fisionomía sagaz y melosa de diplomático italiano.

Pasado aquel minuto de broma, el Papa y el secretario se consagraron al despacho de graves asuntos, y no se habló más de Pavón ni de su tabaquera.

Pero el primer día de recepción solemne en el Vaticano, el cardenal y el Pontífice cruzaron una ojeada rápida, vivísima, viendo entrar al señor don Inocencio todo resplandeciente de cruces, estrellas y placas. Su pecho era un calvario, y deslumbraba por su magnificencia. Y entre tanto colgajo y brillete, uno sobre todo atraía la atención, la curiosidad y acaso la envidia de los circunstantes sorprendidos e ignorando qué significaba aquella condecoración novísima.

Era -pendiente de ancha cinta de seda color tabaco maduro- la caja de rapé del Papa, cegando la vista con su círculo de brillantes, y ostentando en su centro la hermosa cabeza pontificia.

¿Duraron mucho tiempo la broma y los comentarios de este episodio? ¿Trascendieron al público?

Mal conocería el Vaticano quien tal pensase. El Vaticano es la discreción y la sobriedad misma. Si se perdiesen las buenas tradiciones y los selectos moldes de la diplomacia y la cortesanía, volverían a encontrarse en el Vaticano. Allí no se conciben guasas pesadas, indicio evidente de pésimo gusto y de rústica educación, ni se concede a las humanas flaquezas, previstas, adivinadas y absueltas de antemano, mayor atención que la de un discreto cuchicheo. El que quiera aprender tacto y mundología, al Vaticano debe acudir para que lo descortecen con el ejemplo. Si los clérigos zafios y los fanáticos radicales de nuestros partidos extremos fuesen capaces de suavizarse, en el Vaticano se cumpliría milagro tan asombroso.

A los pocos meses de haberse presentado Pavón con su tabaquera colgada, se ofreció nuevamente el caso de tener que recompensar de algún modo sus servicios. De esta vez, el cardenal secretario manifestó al Papa que él, por su parte, renunciaba a discurrir lo que podría Su Santidad ofrecer a Pavón. El Papa, con su habitual serenidad, anunció que se disponía a enviar sin tardanza alguna a casa de don Inocencio una pequeña muestra de su gratitud y del aprecio en que tenía su celo y actividad en pro de la Santa Sede.

Muerto de curiosidad andaba el secretario de Estado por averiguar en qué consistía la pontificia dádiva; pero el Papa, con picardía de chiquillo y reserva de soberano, cerraba su boca o desviaba la conversación al traerla el cardenal hacia ese punto. Sólo pudieron sacarle unas palabras:

-Lo que le he dado a Pavón.. ¡Ah! Espero que sea cosa que no podrá colgársela.

Por fin, el cardenal, intrigadísimo, se resolvió a hacer a Pavón una visita en toda regla a ver si lograba esclarecer el misterio. Y apenas entró en la sala, cuando distinguió un objeto, que indudablemente era el regalo pontificio.

Aquella inmensa consola, con acanaladas y doradas patas al estilo del Imperio de Bonaparte; con su inmenso tablero de mosaico, donde se desplegaban en semicírculo el Panteón, el Coliseo, la columnata de Berinio, el Acqua Paola, la Mole Adriana y demás monumentos universalmente célebres de Roma, era, claro está, la fineza ideada por el Vicario de Cristo para que a Pavón no se le ocurriese colgársela del pescuezo.

Apenas fue admitido a presencia del Papa, el secretario dijo chuscamente:

-Padre Santo, he tenido el gusto de admirar el presente que Vuestra Santidad ha ofrecido al signor Pavone. Bella cosa. Sólo que esta vez no me ha preguntado el color de la cinta.

-Pues si pregunta, no hay que asombrarse ni aturdirse, sino responder que es color de cable -advirtió benígnamente el augusto anciano, que con su níveo traje, y el sonrosado color de sus mejillas, y la irradiación casi lumínica de su rostro, parecía un arcángel volando por encima de las miserias terrenales y las pequeñeces de la vanidad.

Esto sucedía en los tiempos en que la Fe, extendiendo sus alas de azur oceladas de vívidos rubíes, cubría y abrigaba con ellas el corazón de los mortales; en que la Esperanza, desparramando generosamente las esmeraldas que bordean su regia túnica, al punto hacía renacer otras más limpias y transparentes; en que la Caridad, apartando con ambas manos los labios de su herida, descubría sus entrañas de pelícanos para ofrecer sustento a la Humanidad entera.

Esto sucedía cuando las ojivas, esbeltas y frágiles como varas de nardo, empezaban a brotar del suelo, y los rosetones a abrir sus pétalos de mística fragancia; cuando por las aldeas pasaban hombres vestidos de sayal y con una cuerda a la cintura, anunciando segunda vez la Buena Nueva, y por las calles de las ciudades, en larga y lenta procesión a la luz de las antorchas, cruzaban los flagelantes, de espaldas desnudas acardenaladas por los latigazos, y las piedras de los altares se estremecían al candente contacto de las lágrimas de amor que derramaban las reclusas.

Esto sucedía, sin embargo, en una metrópoli de la Francia meridional, en la floreciente Tolosa, donde, en vez de la devoción y el temor de Dios, reinaban la impiedad, la molicie y el desenfreno. Un alma pura sólo motivos de escándalos encontraría allí. La herejía, insinuándose y dominando las conciencias, había traído de la mano la licencia y el vicio, y lo mismo en Tolosa que en Beziers y Carcasona y en todo el país de Alby, no oyerais resonar los rezos, sino los afeminados acordes del laúd y la viola y las endechas de los trovadores.

Y no vierais penitentes de carnes ennegrecidas por las disciplinas, sino mancebos de justillo de terciopelo y mujeres vestidas de joyante seda, con el rostro encendido y el cabello suelto bajo el círculo de oro que lo ceñía a las sienes. Mujeres que, incitadoras y lánguidas, respirando una flor, permanecían en los jardines hasta entrada la noche, platicando de gay saber o de amoríos, lo cual viene a ser platicar de lo mismo, porque la poesía no es sino voz de la tentación, que a la vez embriaga los sentidos y prende con redes de oro el espíritu inmortal.

Y es de saber que en todo aquel país la religión estaba olvidada y vivían en amigable consorcio las más diversas castas de pecadores y de incrédulos, y se ostentaba en múltiples formas repugnantes la herética pravedad.

Allí se refugiaban los pérfidos judíos -perseguidos doquiera menos allí-; allí pululaba todo linaje de sectas, en promiscuidad indiferente y vergonzosa, como fieras de distinta especie encerradas en una jaula misma.

Pero los que preponderaban, los que extraviaban al pueblo y a los señores, pegándoles la lepra de las malas doctrinas, eran ciertos sectarios que en aquel país habían arraigado desde muy antiguo, como cizaña en heredad trigal.

Estos herejes, de índole contumaz y maligna, eran continuadores de ciertas nefandas doctrinas propagadas desde el siglo II de la Iglesia. Tal herejía se llamó "maniqueísmo", y fue su martillo el africano Agustín.

Los sectarios de la malvada doctrina, en vez de adorar a un solo Dios, Criador del Cielo y de la Tierra, daban culto a dos principios: uno que causa el bien; otro mucho más poderoso, que es origen del mal; de suerte que venían a ser adoradores del demonio o antiguo dragón, y seguían sus huellas negando la obediencia, la sumisión y el respeto a todo poder, y siendo así precursores de otras herejías peligrosísimas que, en el terreno histórico, habían de llamarse revoluciones.

Ocurrió, pues, que un varón de Dios, inflamado en santo celo, apiadado de las muchas almas que diariamente caían al horno infernal en aquella desgraciada ciudad de Tolosa -fray Filodeo, de la naciente y animosa Orden de los Hermanos Predicadores, que aquí nombramos dominicos, en memoria de su fundador, Domingo de Guzmán-, resolvió ir a Tolosa y predicar en la plaza pública, retando a los herejes a que disputasen con él, para convencerles a fuerza de irrefutables argumentos, demostrándoles que vivían esclavos del error y juguetes del espíritu maligno, que los burlaba y los perdía.

Era fray Filodeo un hombre evangélico, de columbina inocencia, pero de agudo intelecto, alumbrado por una especie de aurora de la doctrina que después enseñó el divino Tomás, el gran Buey mudo. Y su dialéctica robusta y armada de punta en blanco sabía acorralar y confundir a sus adversarios, obligándoles a reconocerse vencidos.

Desde el instante en que fray Filodeo puso el pie en Tolosa, sintió una turbación extraña. Aquel aire perfumado y seco, con rachas de solano abrasador, le oprimía; aquellos rostros alegres, picarescos y burlones; aquellas mujeres, que sonreían echando el cuerpo fuera de las ventanas enramadas de jazmín; aquellos hidalgos de bizarro atavío, que le miraban con cierta diferencia compasiva; aquella gente empedernida, que parecía de antemano burlarse mansamente de la palabra de Dios, todo causó al justo Filodeo dolorosa confusión y desaliento profundo.

Como se filtra el arroyuelo por la candente arena, su entusiasmo se filtraba al través de su espíritu. Asustado de su propia sequedad, Filodeo se arrojó a los pies de una imagen de la Virgen, una efigie de plomo de la cual no se separaba nunca, y pidió que le fuese devuelta la energía y que su voluntad no desmayase ni cediese. Aquella misma noche supo que aceptaban su reto, y que discutirían con él en la plaza pública tres de los herejes más afamados. Uno era el doctor en leyes, Arnaldo; otro, el canónigo Herberto, y el tercero, Renato, el trovador cuyas canciones disolutas, procaces y mofadoras contra el Pontífice romano, se cantaban en todas las plazuelas de Tolosa. Para luchar con tres combatientes de tal brío, bien necesitaba fray Filodeo poderosa asistencia divina.

Al subir al día siguiente al tablado, en derredor del cual hervía un gentío inmenso, el fraile llamó en su auxilio toda la ciencia aprendida, toda la habilidad polémica que le habían hecho tan famoso, y prevenido y resuelto aguardó.

Entablóse la disputa, pero desde el primer instante fray Filodeo se dio cuenta de que en el torneo iba a ser desarzonado. Argüían por turno sus tres enemigos y desbarataban con infernal malicia sus razonamientos mejores, sus pruebas más fuertes. Arnaldo, con habilidad perversa de leguleyo corrompido, hecho a sostener indistintamente el pro y el contra, retorcía y desfiguraba las cuestiones. Herberto, sirviéndose como de un puñal de ciertos pasajes de la Escritura, los adaptaba a su error y le prestaba el rostro resplandeciente de la verdad.

Y Renato, sazonándolo todo con la corruptora sal de su ingenio, clavaba el aguijón de su ironía hasta el alma del campeón de Cristo. Escuchaba éste alrededor del tablado murmullos de mofa y carcajadas argentinas de mujeres, y un sudor glacial brotaba de su frente y un abatimiento mortal penetraba hasta la médula de sus huesos. Estrechando los brazos contra el pecho, sintió el realce de la efigie de plomo. Un destello de luz clara, inmensa, alumbró su mente. Encarándose con sus adversarios, les dijo en voz que retumbó por todos los ámbitos de la plaza:

-La razón humana es falible; la inteligencia, una chispa que apaga cualquier soplo de viento. Me confieso vencido en la disputa. Vuestra sabiduría, vuestro entendimiento, son mayores. Yo no encuentro ya en mí mismo recursos para defender la justicia. ¡No os alegréis, que no por eso me rindo todavía! Pues sostenéis que el mal es más poderoso que el bien, llamadle en vuestra ayuda. Una prueba, la primera y última, y me entrego. Traed tres copas llenas de vino, y que una sola venga envenenada. Sin moverme de aquí, sin acercarme a las copas, os diré cual de ellas encierra la ponzoña. Y si me equivoco, hacédmela beber.

Ante lo terrible de la prueba, enmudeció el gentío, mientras los tres sofistas, haciéndose guiños de inteligencia, corrían en busca de las copas.

Por el camino convinieron en la más divertida farsa. Envenenarían las tres, y así que fray Filodeo señalase una, se reirían de él a carcajada tendida. Así lo pusieron por obra. Al colocar sobre una mesa, en el tablado, a vista de todo el concurso, la copa de oro, la de plata y la de barro llenas hasta el borde del rojo vino de la Provenza, vieron que el dominico, que tenía los ojos fijos en el cielo y rezaba entre dientes, volvía de pronto la mirada hacia las copas y gritaba con fuerza terrible:

-Siervos de Satanás, ¿creéis engañarme? ¡Las tres copas traen veneno, como vuestras tres almas están en poder del demonio!

Y el atónito gentío y los aterrados herejes vieron surgir de cada copa algo que se movía, que ondulaba, que se erguía y latigueaba furiosamente, y que por fin se lanzaba fuera en dirección de los tres adversarios de fray Filodeo, mordidos a un tiempo por una víbora, de esas víboras negriazules que aún hoy suelen enroscarse en Alby al tobillo del campesino descuidado.

La dureza de corazón de aquel país era tanta, que a pesar de este prodigio no se convirtió, y fue casi destruido por los cruzados de Simón de Monfort en las guerras llamadas de los albigenses.

Muy lejanos, muy lejanos están ya los tiempos de la fe sencilla, y sólo nos los recuerdan las piedras doradas por el liquen y los retablos pintados con figuras místicas de las iglesias viejas. No obstante, suelo encontrar en las romerías, ferias y caminos hondos de mi tierra, un tipo que me hace retroceder con la imaginación a los siglos en que por ásperas sendas y veredas riscosas, se oía resonar el himno ¡Ultreja!, cántico de las muchedumbres venidas de tierras apartadísimas a visitar el sepulcro de Santiago, el de la barca de piedra y la estrella milagrosa, el capitán de los ejércitos cristianos y jinete del blanco bridón, espanto de la morisma.

Siempre que a orillas de la árida carretera, sentado sobre la estela de granito que marca la distancia por kilómetros, veo a uno de esos mendigos de esclavina y sombrero de hule que adornan conchas rosadas, otros días y otros hombres se me aparecen, surgiendo de una brumosa oscuridad; y así como en el cielo, trazado con polvo de estrellas, distingo en el suelo el rastro de los innumerables ensangrentados pies que se dirigían hace siglos a la catedral hoy solitaria...

Me figuro que los peregrinos de entonces no se diferenciaban mucho de éstos que vemos ahora. Tendrían el mismo rostro demacrado, la misma barba descuidada y revuelta, los mismos párpados hinchados de sueño, las mismas espaldas encorvadas por el cansancio, los mismos labios secos de fatiga; en la planta de los pies la misma dureza, a las espaldas el mismo zurrón, repleto de humildes ofertas de la caridad aldeana... Hoy hemos perfeccionado mucho el sistema de las peregrinaciones, y nos vamos a Santiago en diligencia y a Roma en tren, parando en hoteles y fondas, durmiendo en cama blanda y comiendo en mesas que adornan ramos de flores artificiales y candelabros de gas...

En la choza del aldeano acogen cordialmente al peregrino. Para una casa donde le despidan con palabras acres, tratándole de haragán y de vicioso, hay diez o doce que abren la cancilla sin miedo y le reciben con hospitalaria compasión, dándole por una noche el rincón del "lar" en invierno y el "mollo" de fresca paja en verano...

De verano era aquella noche -16 de agosto, fiesta de San Roque milagroso-, cuando un peregrino pidió albergue al labrador más rico de la parroquia de Rivadas. El labriego, que era de éstos que llaman de "pan y puerco", había celebrado aquel día una comilona con motivo de ser San Roque patrón de la aldea y haber llevado él, Remualdo Morgás, el "ramo" en la procesión. Allí estaba todavía el ramo, respetuosamente apoyado en la pared, salpicado de flores artificiales, de hojas de talco y de rosquillas atadas con cintas de colores. Y la "familia", es decir, la parentela y los convidados, bien bebidos, bien comidos, regalados a cuerpo de rey, con esa abundancia que despliegan en día de hartazgo los que todo el año se alimentan mal y poco, se disponían a formar tertulia en la puerta, tomando "el lunar".

Los viejos se sentaron en bancos de madera, taburetes o "tallos"; una muchacha alegre requirió la pandereta; otra, no menos gaitera de condición, sacó las postizas; los mozos se colocaron ya en actitud de convidar al baile; los chiquillos, con el dedo en la boquita, el vientre lleno y estirado como un tambor, digiriendo el dulce arroz con leche, muertos de sueño y sin querer acostarse, esperaban a ver el regodeo. La reunión estaba muy alegre, animada por la buena comida y el vinillo, y dispuesta a solazarse hasta la medianoche, hora bastante escandalosa en Rivadas.

Aparecióse entonces el peregrino. Le reconocieron de verle por la mañana en la iglesia, donde había pasado el tiempo que duraron la misa y la función, arrodillado en la esquina del presbiterio, con los brazos abiertos, los ojos fijos en el Sagrario, y rezando sin cesar. Las plantas de los pies, que se le veían por razón de la postura, habían arrancado a las mujeres -tal las tenía- frases de asombro y lástima. Las guedejas largas, negras, empolvadas y en desorden, colgaban sobre la esclavina agrietada y vieja, donde ya faltaban algunas conchas, y otras se zarandeaban medio descosidas. La calabaza del bordón estaba hecha pedazos; el sayo, de paño burdo, mostraba infinidad de jirones y remiendos. No debía de llevar ropa interior, porque al subir los brazos para ponerlos en cruz, aparecían desnudos, flacos, con las cuerdas de los tendones señaladas de relieve y los huesos mareándose lo mismo que en una momia.

Con todo, al presentarse de noche el peregrino, no le miraron los labriegos sin alguna prevención. Estaban contentos, hartos, en ánimo de divertirse y aquel hombre ni venía a bailar ni a reír; advertíase que no era de esos bufones de la mendicidad, encanto de las tertulias de los campesinos, que pagan su escote diciendo agudezas y vaciando el saco sin fondo de los cantares y los cuentos. Hicieron sitio al peregrino, y hasta le ofrecieron un rincón del banco; pero se comprendía que hubiesen preferido no tener aquella noche semejante huésped.

Sentóse, o mejor dicho se dejó caer, rendido, sin duda, por el calor y la fatiga ya crónica. Desciñóse el zurrón, flojo y vacío por arriba, pero que en el fondo abultaba, y se quitó el sombrero adornado de conchas pequeñas. Era un hombre como de treinta a treinta y cinco años, de cara larga, cóncavos ojos y barba muy crecida. Sentado y todo, en vez de saludar al concurso, rezaba entre dientes.

-Déjese ahora de oraciones, y coma, que falta le hará -advirtió compadecido el tío Remualdo-. Rapazas, a traerle "bolla" de la fiesta y un vaso de vino viejo.

-No bebo vino -contestó el penitente; y todos callaron, sin atreverse a insistir, porque comprendieron que estaba "ofrecido", que había hecho voto de no catarlo. La moza de las castañuelas presentó el zoquete de "bolla" y el peregrino lo tomó con ansia; pero antes de llegarlo a la boca, se bajó, cogió con los dedos un puñado de polvo y lo esparció sobre el pan, hincándole al punto los dientes.

Mascó con avidez atragantándose, y pidió agua por señas, apuntando a la calabaza rota. Un mozo ágil y vivo salió por agua a la fuente..., pues en día como aquél del patrón San Roque, el agua estaba proscrita en casa de Morgás. Presto volvió con una "cunca" o escudilla de barro llena de agua fresquita, y el peregrino, arrojándose a la escudilla, la asió con las dos manos y la apuró de una vez, sin respiro. Limpióse la boca con el reverso de la mano, y pronunció en tono de compunción profunda:

-¡Gracias a Dios!

-Pudo venir antes, hombre -indicó en son de censura el tío Remualdo-. Pudo venir por la tarde..., y comía y bebía a gusto carne y bacalao a Dios dar.

-Por la tarde no podía, no, señor -objetó el peregrino-. Tenía que ayunar desde puesto el sol de ayer hasta ponerse el de hoy. Y tenía que pasar las horas del día éste rezando con los brazos abiertos...

-¡Jesús, Ave María; San Roque bendito! -murmuraron las mujeres con acento entre lastimero y respetuoso.

Ninguna pensaba ya en cánticos ni en danzas; el peregrino, que momentos antes les había parecido un estorbo, ahora absorbía su atención; asediábanle a preguntas.

-¿Va a las Ermitas? -indicaba una.

-No, irá a la Esclavitud -advertía otra-. No, al Corpiño... A Santa Minia de Briones...

-Voy a Santiago -respondió el peregrino-. Con ésta son siete las veces que tengo ido, siempre por caminos diferentes, cuanto más largos y más malos mejor.

-¿Por oferta?

-Por oferta de toda la vida.

-¡De toda la vida! -repitieron atónitos los aldeanos, que, sin embargo, son gente que hace lo posible por no admirarse de nada.

-¡Ay! -silabearon viejas y muchachas, agrupándose en torno de él-. ¡Ay, nuestra alma como la suya! ¡Éste sí que gana el Cielo! ¡Es un santo!

-Soy un pecador malvado, infame -contestó sombríamente el peregrino, que sin duda tenía aprendido de memoria y preparado el modo de acusarse y confesarse en público-. Soy un pecador malvado; no soy "dino" de que la tierra me aguante vivo ni de muerto... ¿Queréis darme de palos o hartarme de bofetones, almas cristianas? Haréis muy bien, y yo rezaré por vosotros.

Y como los aldeanos se quedasen suspensos, mirándose, reiteró la súplica.

-Ya me habéis dado de comer, y el Señor vos lo pagará y vos lo aumentará de gloria; ahora vos pido por el alma de vuestros padres que me deis con un palo. Hice oferta de dejar que me sacudan y de pedir por Dios aún más. Nadie quiere... Pues bien lo merezco... ¡Soy un pecador malvado! -repitió con entonación lastimera.

-¡Jesús! -gimoteó la provecta señora Juana, mujer del anfitrión, juntando las manos como para orar-. Tanto ayuno y tanta penitencia, "malpocadiño"... A la fuerza tiene que ser por un pecado muy grande, muy grande. ¿Qué pecado fue, "santiño"? Todos somos pecadores. ¡Jesús, Jesús!

No respondió el peregrino al pronto, y sus ojos, relucientes como ascuas, se fijaron en la mujer que le dirigía la pregunta. La luna había salido ya, y le alumbraba de lleno el rostro. A su luz, clara entonces como la del mediodía, se vieron correr por las demacradas mejillas del penitente dos lágrimas.

-Yo tuve un hermano -murmuró al fin con voz cavernosa-. Éramos solitos, porque quedamos sin padre ni madre. Mi hermano era el más pequeño. Trabajaba bien la tierra, y vivíamos. Él andaba loco detrás de una rapaza del lugar, que se llamaba Rosa. Y ella..., Nuestro Señor la perdone..., ríe de aquí, canta de allí..., y todo se le volvía alabarse de que a mi hermano le haría cara, pero que a mí me aborrecería, que no me daría ni una palabra si me arrimase a ella, que más se quería casar con el último de la aldea que conmigo... Y en las romerías y al salir de misa, me hacía burla y me decía vituperios... Y yo por tema me arrimé..., y Rosa...

-¿Qué hizo? ¿Le quiso? ¿Dejó a su hermano? -preguntaron ansiosas las mujeres, interesadas por el drama de amor que entreveían en aquel relato entrecortado e informe.

-Lo dejó..., ¡Dios la perdone! -respondió el penitente, arrancando de lo hondo del pecho un suspiro largo-. Y..., tanta rabia tomó el infeliz, que se vino a mí como un lobo a querer matarme... Yo me defendí... ¡Nunca me defendiera!... ¡Soy un pecador malvado, almas cristianas!...

Los gemidos y sollozos empañaron su voz. Todos callaban; la señora Juana se persignó devotamente...

-"Ahora" -continuó el peregrino alzando la cabeza- estoy ofrecido a pasar toda la vida peregrinando a Santiago y pidiendo limosna. Los días de fiesta, ayuno..., ¡porque un día de fiesta fue cuando!... Vamos, ya saben quién tienen aquí... ¿No me darán un rincón para pasar la noche?

La señora Juana se levantó y fue a disponer la paja más fresca y mullida, en un cobertizo pegado a la casa, sitio excelente para tiempo de verano. Buscó un saco de harina y lo colocó de modo que hiciese de cabezal; y, dispuesta así una cama envidiable, llamó a su huésped. Pero éste, abriendo el zurrón, sacó de él una piedra cuadrada, que era lo que abultaba en el fondo, y la puso en el sitio del saco de harina; hecho lo cual, se tendió en la paja. Sin duda estaba rendido, exhausto; se comprendía que le era imposible dar un paso más.

Después de su marcha, las mozas intentaron otra vez bailar, cantar y divertirse. Sin embargo, lo hacían con poco brío, sin animación ni empujones ni carcajadas. El peregrino las había "asombrado". Cantaron en dialecto coplas tristes, como ésta que traduzco:

Todas las penas se acaban,
mi glorioso San Martín;
todas las penas se acaban;
las mías no tienen fin.

Y los mozos, puesta la mano detrás de la oreja, columpiando el cuerpo, les respondían con esta otra:

Cuando oigas tocar a muerto,
no preguntes quién murió;
¡puede ser, niña del alma,
puede ser que sea yo!

A la madrugada, cuando la caritativa vieja señora Juana fue al cobertizo a llevar al huésped una "cunca" de leche fresca y espumante, no vio más que el hueco del cuerpo señalado en la paja.

La piedra había desaparecido, y el hombre también, continuando su eterno viaje.

Don Javier de Campuzano iba acercándose a la muerte, y la veía llegar sin temor; arrepentido de sus culpas, confiaba en la misericordia de Aquél que murió por tenerla de todos los hombres. Sólo una inquietud le acuciaba algunas noches, de ésas en que el insomnio fatiga a los viejos. Pensaba que, faltando él, entre sus dos hijos y únicos herederos nacerían disensiones, acerbas pugnas y litigios por cuestión de hacienda. Era don Javier muy acaudalado propietario, muy pudiente señor, pero no ignoraba que las batallas más reñidas por dinero las traban siempre los ricos. Ciertos amarguísimos recuerdos de la juventud contribuían a acrecentar sus aprensiones. Acordábase de haber pleiteado largo tiempo con su hermano mayor; pleito intrincado, encarnizado, interminable, que empezó entibiando el cariño fraternal y acabó por convertirlo en odio sangriento. El pecado de desear a su hermano toda especie de males, de haberle injuriado y difamado, y hasta -¡tremenda memoria!- de haberle esperado una noche en las umbrías de un robledal con objeto de retarle a espantosa lucha, era el peso que por muchos años tuvo sobre su conciencia don Javier. Con la intención había sido fratricida, y temblaba al imaginar que sus hijos, a quienes amaba tiernamente, llegasen a detestarse por un puñado de oro. La Naturaleza había dado a don Javier elocuente ejemplo y severa lección: sus dos hijos, varón y hembra, eran mellizos; al reunirlos desde su origen en un mismo vientre, al enviarlos al mundo a la misma hora, Dios les había mandado imperativamente que se amasen; y herida desde su nacimiento la imaginación de don Javier, sólo cavilaba en que dos gotas de sangre de las mismas venas, cuajadas a un tiempo en un seno de mujer, podían, sin embargo, aborrecerse hasta el crimen. Para evitar que celos de la ternura paternal engendrasen el odio, don Javier dio a su hijo la carrera militar y le tuvo casi siempre apartado de sí; sólo cuando conoció que la vejez y los achaques le empujaban a la tumba, llamó a José María y permitió que sus cuidados filiales alternasen con los de María Josefa. A fuerza de reflexiones, el viejo había formado un propósito, y empezó a cumplirlo llamando aparte a su hija, en gran secreto, y diciéndole con solemnidad:

-Hija mía, antes que llegue tu hermano tengo que enterarte de algo que te importa. Óyeme bien, y no olvides ni una sola de mis palabras. No necesito afirmar que te quiero mucho; pero además tu sexo debe ser protegido de un modo especial y recibir mayor favor. He pensado en mejorarte, sin que nadie te pueda disputar lo que te regalo. Así que yo cierre lo ojos..., así que reces un poco por mí..., te irás al cortijo de Guadeluz, y en la sala baja, donde está aquel arcón muy viejo y muy pesado que dicen es gótico, contarás a tu izquierda, desde la puerta, dieciséis ladrillos -fijate, dieciséis-, una onza de ladrillos, ¿entiendes?, y levantarás el que hace diecisiete, que tiene como la señal de una cruz, y algunos más alrededor. Bajo los ladrillos verás una piedra y una argolla; la piedra, recibida con argamasa fuerte. Quitarás la argamasa, desquiciarás la piedra y aparecerá un escondrijo, y en él un millón de reales en peluconas y centenes de oro. ¡Son mis ahorros de muchos años! El millón es tuyo, sólo tuyo; a ti te lo dejo en plena propiedad. Y ahora, chitón, y no volvamos a tratar de este asunto. ¡Cuando yo falte...!

María Josefa sonrió dulcemente, agradeció en palabras muy tiernas y aseguró que deseaba no tener jamás ocasión de recoger el cuantioso legado. Llegó José María aquella misma noche, y ambos hermanos, relevándose por turno, velaron a don Javier, que decaía a ojos vistas. No tardó en presentarse el último trance, la hora suprema, y en medio de las crispaciones de una agonía dolorosa, notó María Josefa que el moribundo apretaba su mano de un modo significativo y creyó que los ojos, vidriosos ya, sin luz interior, decían claramente a los suyos: "Acuérdate: dieciséis ladrillos... Un millón de reales en peluconas..."

Los primeros días después del entierro se consagraron, naturalmente, al duelo y a las lágrimas, a los pésames y a las efusiones de tristeza. Los dos hermanos, abatidos y con los párpados rojos, cambiaban pocas palabras, y ninguna que se refiriese a asuntos de interés. Sin embargo, fue preciso abrir el testamento; hubo que conferenciar con escribanos, apoderados y albaceas, y una noche en que José María y María Josefa se encontraron solos en el vasto salón de recibir, y la luz desfallecida del quinqué hacía, al parecer, visibles las tinieblas, la hermana se aproximó al hermano, le tocó en el hombro y murmuró tímidamente, en voz muy queda:

-José María, he de decirte una cosa..., una cosa rara..., de papá.

-Di, querida... ¿Una cosa rara?

-Sí, verás... Y te admirarás... "Hay" un millón de reales en monedas de oro escondido en el cortijo de Guadeluz.

-No, tonta -exclamó sobrecogido y con súbita vehemencia José María-. No has entendido bien. ¡Ni poco ni mucho! Donde está oculto ese millón es en la dehesa de la Corchada.

-¡Por Dios, Joselillo! Pero si papá me lo explicó divinamente, con pelos y señales... Es en la sala baja; hay que contar dieciséis ladrillos a la izquierda desde la puerta, y al diecisiete está la piedra con argolla que cubre el tesoro.

-¡Te aseguro que te equivocas, mujer! Papá me dio tales pormenores que no cabe dudar. En la dehesa, junto al muro del redil viejo, que ya se abandonó, existe una especie de pilón donde bebía el ganado. Detrás hay una arqueta medio arruinada y al pie de la arqueta, una losa rota por la esquina. Desencajando esa losa se encuentra un nicho de ladrillo, y en él un millón en peluconas y centenes...

-Hijo del alma, pero ¡si es imposible! Créeme a mí. Cuando papá te llamó estaba ya peor, muy en los últimos; quizá la cabeza suya no andaba firme: ¡pobrecillo! Y tengo sus palabras aquí, esculpidas...

-María -declaró José cogiendo la mano de la joven, después de meditar un instante-, lo cierto es que hay dos depósitos y sólo así nos entenderemos. Papá me advirtió que me dejaba ese dinero exclusivamente a mí...

-Y a mí que el de Guadeluz era únicamente mío...

-¡Pobre papá! -murmuró conmovido el oficial-. ¡Qué cosa más extraña! Pues..., si te parece, lo que debe hacerse es ir a Guadeluz primero, y a la Corchada después. Así saldremos de dudas. ¡Qué gracioso sería que no hubiese sino uno!

-Dices bien -confirmó María Josefa triunfante-. Primero a donde yo digo, ¡porque verás cómo allí está el tesoro!

-Y también porque tuviste el acierto de hablar antes, ¿verdad, chiquilla? Has de saber... que yo no te lo decía porque temía afligirte; podías creer que papá te excluía, que me prefería a mí... ¡Qué sé yo! Pensaba sacar el depósito y darte la mitad sin decirte la procedencia. Ahora veo que fui un tonto.

-No, no; tenías razón -repuso María, confusa y apurada-. Soy una parlanchina, una imprudente. Debió prevenírseme eso... Debí buscar el tesoro y hacer como tú, entregártelo sin decir de dónde venía... ¡Qué falta de pesquis!

-Pues yo deploro que te hayas adelantado -contestó sinceramente José, apretando los finos dedos de su hermana.

De allí a pocos días, los mellizos hicieron su excursión a Guadeluz, y encontraron todo puntualmente como lo había anunciado María Josefa. El tesoro se guardaba en un cofrecillo de hierro cerrado; la llave no apareció. Cargaron el cofre, y sin pensar en abrirlo, siguieron el viaje a la Corchada, donde al pie de la derruida arqueta hallaron otra caja de hierro también, de igual peso y volumen que la primera. Lleváronse a casa las dos cajas en una sola maleta, encerráronse de noche y José María, provisto de herramientas de cerrajero, las abrió o, mejor dicho, forzó y destrozó el cierre. Al saltar las tapas brillaron las acumuladas monedas, las hermosas onzas y las doblillas, que los dos hermanos, sin contarlas, uniendo ambos raudales, derramaron sobre la mesa, donde se mezclaron como Pactolos que confunden sus aguas maravillosas. De pronto, María se estremeció.

-En el fondo de mi caja hay un papel.

-Y otro en la mía -observó el hermano.

-Es letra de papá.

-Letra suya es.

-El tuyo, ¿qué dice?

-Aguarda..., acerca la luz...; dice así: "hijo mio: si lees esto a solas, te compadezco y te perdono; si lo lees en compañía de tu hermana, salgo del sepulcro para bendecirte..."

-El sentido del mío es idéntico -exclamó después de un instante, sollozando y riendo a la vez, María Josefa.

Los mellizos soltaron los papeles, y, por encima del montón de oro, pisando monedas esparcidas en la alfombra, se tendieron los brazos y estuvieron abrazados buen trecho.